KB097116

무엇도

아닌

모양으로

무엇도
아닌
모양으로

김지원 에세이

카멜북스

모두 미정

세상 돌아가는 방식이 나랑 잘 안 맞는다는 생각이 들 때가 가끔 있다. 유머 코드가 안 맞는 사람을 만나서, 아 진짜요? 정말요? 와 헐 대박 대박 하면서 억지로 웃다가 박수 치다가 예상치 못한 에너지를 소진해 버리는 일처럼. 정말 딱 그만큼. 세상이 원하는 방식에 나를 잘 맞추지 못하는 것 같아 피로를 느낄 때가 있다. 그때마다 아귀가 잘 맞지 않는 나의 모양과 세상의 모양을 번갈아 떠올려 보며 생각한다. 이 세계에서는 과연 어떤 방식으로 살아야만 잘 산다고 말할 수 있는 것일까. 나는 어떤 모습이어야 하는 걸까 하고.

자주 꿈으로 도망간다. 나와 맞지 않는 세상의 얼굴은 그냥 쳐다보지 않기로. 간단히 회피하는 방법을 택한다. 꿈에서는 모든 걸 할 수 있고, 말이 안 되는 일이라는 것이 애초에 없으니 마음껏 모험할 수 있다. 현생에서는 입 밖으로 낼 수 없었던 생각을 손으로 빚어내는 일도 가능해진다. 무어라 호칭할 수도 없는 것들 사이에 있으면 지루할 틈이 없어 좋다. 그렇게 계속 헤매다 깨어나면 모든 것이 한결 나아진다.

수많은 꿈에서 돌아오는 길에 쓴 일기 같은 것들을 이 책에 모았다. 돌아온 다음 날은 항상 마음이 커져 있어서 모든 일을 안심한 채로 대하곤 했는데, 글을 쓰는 내내 비슷한 마음이었다. 지난 시간들, 떠오르는 사람들, 별것 아닌 생각까지도 모두 천천히 하나씩 들여다보는 마음으로 썼다. 뭔가를 조금 더 알게 된 것 같은 기분도 들었다. 나는 우유를 마시면 배가 아픈 사람이고, 꽃가루 알레르기에 취약한 사람이고, 커피를 세 잔 이상 마셔도 밤에 잠을 잘 자는 사람. 사는 동안 이런저런 경험으로부터 알게 된 '나'에 관해 말하는 일처럼. 나는 그냥 이런 사람이야. 적었다. 고마운 마음으로.

쓰는 동안 나의 모양에 대해 오래 생각했다. 누군가 내 이야기를 읽으면서, 야 너만 그런 거 아니야 사실 나도 그래 하고 별일 아닌 것처럼 말해 주면 좋겠다고도 생각했다. 아직도 내 모양을 찾지 못해 헤매는 사람이 나 혼자뿐이라면 좀 쓸쓸할 것 같으니까. 그렇다고 아무 모양을 붙잡고 나라고 하기는 싫었는데, 그래서 결국에는 어떤 모양도 되지 않기로 마음먹어 버렸다. 무한한 공간에 누워 있는 기분이라 좋다. 계속 이렇게 살아갈 수 있다면 좋겠다. 무엇도 아닌 모양으로.

책에 제목을 붙이고 엄마가 취미로 빚어 오던 도자기들을 생각했다. 이거 봐, 예쁘지. 엄마는 모양이 제대로 잡혀 있는 게 싫어. 하면서 엄마는 귀퉁이 이곳저곳이 이상하게 뭉개진 도자기를 꺼내 보여 주곤 했는데. 내가 엄마의 한 구석을 닮은 거구나 하는 생각이 든다.

조금의 유머만으로도 그럭저럭 잘 살아갈 수 있다고 믿게 해 주는, 그리고 언제나 간단한 방법으로 용기를 주는 나의 친구들. 그리고 아직 내가 만나지 못한 미래의 친구들에게도 감사를 전한다. 우리는 여태 그렇게 나쁘게 살지도 않았고, 욕도 잘 안 하고, 인사도 잘하고, 남을 속이면서 일하지도 않았으니까. 각자의 모양으로 잘 살고 있는 거겠지. 잘 살 수 있어. 하고 말해 주고 싶다. 모두 오랜 시간 재밌는 일들 앞에서 함께 유머를 주고받을 수 있기를. 매일 건강하기를 바란다.

일러두기

— 외래어 표기는 국립국어원의 외래어 표기법을 따르되 일부 예외를 두었다.

— 단행본은 『 』, 시는 「 」, 영화와 다큐멘터리, 음악 등은 < >로 표시했다.

차례

나의 돌

무소속이 되었다. 쉽게 말해 백수다. 하지만 백수라는 말보다 어쩐지 무소속이라는 말이 나에게 더 적합하다고, 그렇게 여기기로 했다. 백수라는 말은 마음에도 없는 '죄송함'을 동반한다. 그럴 필요가 없는데도 남의 눈치, 내 눈치까지 봐 가며 "죄송합니다, 제가 백수입니다…"라고 사과의 말을 붙여 써야만 뱉어 낼 수 있는 말 같다. 반면 무소속이라는 말은 좀 달랐다. "예 저 무소속인데요? 뭐 어쩌라고요?" 할 수 있을 것만 같은 말이라 마음에 들었다.

나는 지독한 소속 전문가였다. 꽤 오랫동안 학생이라는 신분을 유지하다 느지막한 나이에 졸업을 한 뒤 운 좋게 바로 직장인의 대열에 합류하기까지 적어도 30여 년의 시간 동안 단 하루도(놀랍게도 정말 단 하루도!) 어딘가에 소속되지 않은 적이 없었다. 한 번도 해 보지 않은 것에 반사적으로 설레어 하는 습성이 있지만 무소속 경험은 끝끝내 피하고 싶었다. 불안을 감당하기 싫었던 거다. 그래서 오랜 세월 도망치다 여기까지 왔는데 이상하게 이번에는 그럴 수가 없었다. 이번에도 피한다면 이 상태로 곧 환갑이 될 것 같았다. 40년 동안 회사를 다니느라 낯빛이 무채색에 가까워진, 오로지 월급날만 기다리며 사는 내 모습을 상상했다. 오 최악이다. 그건 안 되겠어서 난생처음으로 결심했다. 소속되지 않은 상태를 여실히 경험하는 것을 목표로, 자진하여 무소속 집단에 합류하기로 했다.

물론 갑자기 내린 결정은 아니었다.

신입 직장인으로서의 몇 년은 회사에 내 모든 시간을 다 바칠 수 있을 정도로 매일을 즐겁게 보냈다. 사실 운이 좋아도 너무 좋은 쪽이었다. 내 창의성을 마음껏 발휘하며 할 수 있는 모든 것을 해 볼 수 있는 자유로운 환경의 영상 제작 회사였다. 짧은 모바일 영상 제작의 선두주자 격이었던 회사는 당시 꽤 잘나갔고, 업계의 주목을 받고 있던 터라 이렇다 할 준비 없이 갑작스럽게 몸집이 커 갔다. 어쩌다 보니 창립 멤버로 합류했던 나는 첫 사무실의 페인트칠부터 시작해 기획, 대본 작성, 편집, 미술, 디자인까지 안 해본 일 없이 지냈고, 동료들과는 연말 연휴 할 것 없이 시간을 같이 보내며 서로 무척이나 의지하는 사이가 되어 갔다. 열정과 용기가 가득하다 못해 넘치는 마음으로 일하다 밤을 새우고, 건강을 해칠 정도로 잠을 못 잤어도 출근이 싫었던 날은 단 하루도 없었다. 출근이 좋은 직장인이라니, 다시 한번 말하지만, 나는 그때 정말 운이 좋았다.

그렇게 수년을 지내다 보니 창작자로서의 경험이 차차 쌓여 갔고 나를 '아트디렉터'라고 소개할 수 있을 정도가 되었다. 나의 능력과 한계 같은 것들을 번갈아 마주치며 내가 잘할 수 있는 일에 대해 알아 갔다. 재미있는 아이디어를 함께 나눌 동료들이 항상 곁에 있었고, 우리는 수년간 맞춰 온 호흡으로 멋진 작업들을 해냈다. 회사는 우리의 도전과 실험, 때론 실없는 기획까지도 자본으로써 실현시켜 주는 역할을 했고, 나와 동료들은 이 안전한 유토피아 안에서 유유히 수영하듯 지냈다. 그야말로 팔자 좋은 창작근로자가 되어 그 상태에 깊이 안주했다. 시간이 지날수록 이 회사가 아니면 안 될 것 같은 마음이 커졌다. 하지만 그 마음이 무색하게도 회사는 점점 상황이 어려워졌다. 이렇다 할 시스템을 마련하기도 전에 규모가 커진 탓도 있었고, 회사가 그리는 이상향이 너무 멀리에 있어 와닿지 않는 느낌이 들었다. 끝내 회사는 소수의 직원만 남아 수명을 겨우겨우 연장하는 처지가 되었다. 나는 호시절의 기억과 옆에 남아 있는 사람들 때문에 그 상황에서 쉽게 벗어나지 못했다. 변화가 두려웠고, 매일 회피했고, 게으르고 부질없는 사람이 되어 갔다.

어떻게든 달라져야 했다. 나의 상태를 정면으로 인식하고 난 뒤 오랜 시간 고민에 빠졌다. 창작자로서 월급에 기대어 사는 것도 불안하고 그렇다고 이 세계 바깥으로 나가서 불안하게 사는 것도 불안한, '아니 그럼 어쩌라고' 상태에 놓여 3년 정도를 보냈다. 어느 쪽이 나에게 더 자연스러운지 백번 고민했지만 어떤 결정을 할 용기가 나지 않았다. 어쩌면 정말 하고 싶은 것만 하며 살고 싶은 내 욕심 때문일지도 몰랐다. 나를 낭비하지 말자, 내 능력을 잘 쓰자, 하는 다짐을 매년 반복하면서도 마땅한 기회가 눈앞에 떨어지기만 기다리며 지냈다. 사람이 어떻게 하고 싶은 것만 하며 살 수 있나! 하지만 어쩌면 내가 그렇게 사는 사람이 될 수도 있지 않을까. 일단 내가 안주하고 있는 환경(직장)에서 벗어나 보자! 하지만 과연 직장에 다니지 않고도 창작자로 먹고살 수 있을까. 무서워…… 소속 정당의 지지 없이 무소속 출마자가 대통령에 당선될 확률은 얼마나 될까, 누가 무소속 김지원 후보의 얼굴이 걸린 포스터에 관심을 가져 줄까, 하는 생각까지 하면서 무소속 상태가 되기를 미루고 미뤘다. 단순히 어떻게 먹고살지의 문제가 아니었다. 나라는 사람이 무소속이 될 자격이 충분한지를 스스로 검열하는 시간이 필요하다고 생각했다. 무소속 서바이벌 101에 나가면 나는 데뷔조에 들 수 있을까. 국민 프로듀서님들에게 인기 있는 창작자로 무사히 자리를 잡을 수 있을까. 그보다, 내가 창작자가 맞나? 정녕 월급이 없어도, 불안에 시달리면서도, 창작하고자 하는 열정이! 재밌게 살고자 하는 용기가! 내게 정말 있나? 하는 생각으로 나를 자주 다그치며 밤을 새웠다.

무소속 자격 조건을 간단히 정리하자면 이렇다.

① 나는 나의 창의적 활동의 방향을 명확하게 알고 있는가.

☞ 혹시 안다면 ②번으로 가세요.

② 나는 나의 창의적 활동으로 먹고살 수 있는 창작자인가.

☞ 그런 것 같다면 ③번으로 가세요.

③ 나는 창작자로서 성실한가.

☞ 그렇다면 1번으로 돌아가 ①번 문항에 대해 다시 한번 생각해 보세요.

자, 이 단순하면서도 빡빡한 자기 검열을 통해 비로소 나의 데뷔가 확정될 수 있다.

하지만 문제는 1, 2, 3번의 답을 내가 아는지 모르는지조차 모르겠다는 것이었다. 애초에 1번 질문에서 진도가 안 나갔다. 무슨 일을 하면서 살고 싶은가, 무엇을 좋아하는가 같은 간단한 질문에도 나는 허공을 바라보며 한참을 고민하는 사람이었다. 아트디렉터라는 타이틀도 내가 하는 여러 일들을 적당히 뭉뚱그려 설명하기 위해 고른 단어였다. 여러 분야에서 다양한 작업을 해낼 수 있다는 것이 나의 큰 장점이었지만 현실을 살아가기 위해서는 직업이 될 만한 무언가를 선택해야 한다는 강박에 빠졌다. 다시 취업을 한다 하더라도 필요한 고민이었다. 스타트업 회사에서 이것저것 다 했다 보니 포트폴리오를 정리해도 이것저것이 뒤섞인 꼴이 되어 혼란스러웠다. 누구든 나를 보면서 대체 뭐 하는 사람인지를 궁금해했고, 그건 나도 궁금했다. 문득 백종원에게 혼이 나던 식당 사장님들이 떠올랐다. 선택과 집중을 해유! 여기는 메뉴가 너무 많아유! 아, 그게 나일지도 모른다. 이런 사람이 먹고살 수 있는 방법은 없나? 내 직업은 아직 태어나지 않은 것이 아닐까? 만능이 결코 무기가 될 수는 없나? 여러모로 혼란스러웠다.

그리고 몇 년이 지나 끝끝내 무얼 해야겠다는 확신을 가지지 못한 채로 무소속이 되었다. 아침에 눈을 떴는데, 아니 이딴 생각으로 몇 년을 보낸 거야 어차피 답이 없는데 하는 생각이 들었다. 갑자기 모든 것이 간단해졌다. 그래 무소속 상태를 한번 경험해 보자, 지금 나에겐 무엇보다 안주하지 않는 마음이 필요해,라는 확신만 가지고 대책 없이 회사를 나왔다. 처음엔 속이 후련했지만 매일 자기 전에 눈을 감으면 말로 못 할 불안감이 엄습했다. 이 또한 내가 선택한 불안이지 하며 나를 달래고(사실 안 달래짐) 아침에 겨우 눈을 떴다.

그러던 어느 날 옛 동료이자 절친한 친구인 이하정에게 편지가 왔다. 퇴사 소식을 들었다며 한 편의

시, 그리고 직접 접은 튤립 두 송이와 함께 보낸 편지
였다. 아름답고 복작했던 시절을 같이 보낸 친구. 어깨
동무와 포옹과 또 그와 같은 문장들을 많이 주고받은
친구. 직접 필사한 시의 글자와 모양들이 친구를 닮아
서 받자마자 웃음이 나면서도 동시에 눈물이 날 것도
같았다.

내가 오래 간직했던 돌이
나로부터 굴러 나오겠다고 한다
내 눈에 비친 자신을 보고 싶다고

하지만 나는 겁이 나
돌이 나를 바라본다면,
내가 하던 생각이 어떻게 될지 모르겠어
내게 돌이 없다면 내가 나일지 모르겠어
내 눈에 돌이 보일지조차 잘 모르겠어

그래서 말해준다
돌에게 내가 간직했던 돌에 대하여

너는 감자를 닮은 사람
비가 그친 줄 모르고 우산을 쓰고 비의 바깥을 걷
는 사람

슬픔이 이제 저를 놓아준 줄 모르고 슬픔을 피해
고개를 숙이고
슬픔의 바깥을 걷는 사람
너는 항상 걸어가는 사람
너의 가슴이 크게 방망이질 칠 때
세계는 잠시 숨을 멈춘다
너를 생각에 둔 나도 모르게
너조차도 모르게

너는
세계의 바깥이 되어
내게 우산을 내미는 사람 싹을 자꾸 틔우는 사람

말이 다 끝났을 때
돌은 멋지다 밖에서 보자라고 했다

비에 젖은 한쪽 어깨를 털어 내리며
나는 돌아 돌아 불러보았다˙

˙ 김복희, 「밖에서 보자」, 『스미기에 좋지』, 봄날의책(2022)

편지의 말미에는 이런 문장들이 있었다.

"미래는 여전히 알 수 없고 오리무중이지만 불안해하지 않고 힘 빼고 흐르는 법을 익혀 봐. 언니는 흐름을 잘 타는 멋진 서퍼가 될 거라고 생각해."

자신의 돌을 만나기 위해 기꺼이 서퍼가 되었던 그의 시간들을 알기에 더욱 용감하고 아름답게 들렸다.

요즘은 불안을 잠시 옆에 치워 두고, 밖에서 만나고 싶은 나의 돌에 대해 자주 생각한다. 돌의 생김새에 대해 생각하고 돌의 말투에 대해 생각한다. 집중하고 싶을 때는 눈을 감고 지금 가장 멀리서 들리는 것 같은 소리를 찾아내 보라고 누군가 알려 준 적이 있다. 나는 눈을 감고 지금 가장 멀리서 들려오는 소리에 몰두한다. 소리는 계속해서 모양을 바꾸고 움직이고 사라지지만 나도 계속해서 방향을 바꾸어 그것을 따라간다. 나의 돌 역시 계속해서 모양을 바꿀지 모른다. 때때로 너무 작아서 혹은 내가 예상한 모습이 아니어서 눈앞에 두고도 못 알아챌지 모른다. 하지만 끝내 알아볼 수 있기를 소망한다. 나처럼 생긴 돌을 만나게 되기를. 돌을 만나 '야 너 참 잘 만났다'는 표정을 짓고 악수를 건네고 한 시절 즐거운 시간을 보낼 수 있기를. 그리고 또 미련 없이 놀았다는 생각이 들 때쯤 잘 가, 하고 다음 돌을 찾아 나설 수 있기를. 돌을 찾는 시간이 얼마나 될지는 알 수 없다. 그동안 계속해서 불안이나 고통 같은 무거운 것들이 나타났다가 사라지겠지만, 어쩌면 나에게도 그 시간을 기대하며 보낼 용기쯤은 있을 것 같다고. 그렇게 생각했다.

　　편지를 여러 차례 읽고 나서야 식탁에서 일어났다. 이하정이 접어 보낸 귀엽고도 이상한 튤립 두 송이와 시가 적힌 종이를 아무래도 냉장고에 붙여 두어야겠다는 생각이 들었다. 자석이 척 하고 달라붙었다. 집 안의 어느 하나 달라진 것이 없었지만, 척 소리와 함께 분명 무언가 달라진 것도 같았다. 다시 자석을 떼었다 붙였다. 척 하는 소리가 좋았다. 용기가 생겼다. 알 수 없는 소리가 멀리서 들리는 것 같았다.

제대로 기억하기

당인동 빌라 앞. 동생과 놀다가 갑자기 이상한 영웅심리 발생. 동생에게 보여 주겠다고 동네 슈퍼 바깥에 진열된 귤 하나를 훔쳐서 갖다준다. 그날 저녁, 밥을 먹는데 동생이 엄마에게 내가 훔친 귤에 대해 이른다. 엄마가 믿기지 않는다는 듯 화를 내며 내 손에 돈을 쥐여 주곤 슈퍼 아주머니께 진실을 고하고 사죄하고 오라 한다. 나는 엄마가 무서워 울다가 동생을 한번 째려보고 밖으로 나간다. 하지만 도무지 용기가 안 나서 슈퍼 옆 화단에 돈을 숨기고 쭈뼛쭈뼛 집으로 들어가 슈퍼 가서 사과드렸다고 거짓말을 한다. 당연히 거짓말인 걸 안 엄마가 내 손목을 잡고 슈퍼로 가서 아주머니께 자초지종을 말씀드리며 사과하고 나는 펑펑 울며 죄송하다 한다. 나도 내가 왜 그랬는지 몰랐고 지금도 모른다. 아마도 여섯 살쯤.

*

자다가 깼다. 분명 자다가 깼는데 나는 어느 소파에 앉아 있고 울었는지 얼굴이 젖어 있다. 맞은편에 내가 앉은 것과 같은 모양의 소파에 앉은 여자가 나를 달래며 "이제 그러지 말고 자? 알았지?" 한다. 나는 대충 무슨 상황인지 알 것 같아서 고개를 끄덕이고 순순히 방으로 돌아가 잔다. 초등학교 3학년. 학교에서 떠난 극기 훈련에서 유아 몽유병 발생. 이층침대에서 뛰어 내려와 복도를 걸어 다니며 집에 가겠다 울었다고 한다. 맞은편에 앉아 나를 달래던 조교 언니의 귀신이라도 본 듯한 표정이 아직도 생생하다.

*

더운 여름날. 동료와 회사 앞을 걸어가는데 갑자기 누군가 어머머! 하며 내 엉덩이를 때린다. 깜짝 놀라서 후다닥 뒤돌았는데 낯선 아주머니가 서 계신다. 알고 보니 엄지만 한 매미가 내 엉덩이에 붙어 있던 것. 당황했지만 웃으며 감사하다고 인사하고 다시 갈 길 가는데 앞서간 아주머니 등에 아까 그 매미가 다시 날아와 붙는다. 어처구니가 없어서 동료와 깔깔 웃으며 쫓아가 말씀드림.

*

미국 유학 시절 Mother's Day에 가까운 어느 날 우연히 한인 성당에 갔는데, 신부님이 미사 도중 여기 계신 분들 중에 어머니는 모두 일어나 보라고 하시더니 앉아 있는 사람들 다 같이 그분들에게 어머님 은혜를 불러 드리자 한다. 노래를 부르는데 한국에 있는 엄마 생각이 나서 계속 눈물이 나길래 안 운 척 얼른 닦았는데 뒤에 앉아 있던 흰색 셔츠를 입은 아저씨가 어깨를 두드리더니 휴지를 건네주셨다. 감사했지만 그 순간 모두가 날 쳐다봐서 아저씨 살짝 원망함.

*

폐렴에 걸려 입원을 했다. 금식을 해야 하는데 배가 너무 고프다. 병실에서 자다가 눈을 떴는데 엄마는 병원 공중전화로 아빠와 통화를 하러 간 모양이다. 병원에 혼자 남겨진 기분이 들어 침울했다. 옆 침대에는 천식으로 입원한 중학생 오빠가 있다. 병문안 온 친구들과 롯데리아 불고기버거 세트를 나누어 먹으며 매우 시끄럽다. 나도 먹고 싶은데 씨. 너무 배가 고파 서러운 마음에 몰래 눈물을 훔치는 순간 병실에 들어온 엄마가 살짝 놀란 눈치. 하지만 이내 우는 이유를 알아채곤 웃으며 나를 놀린다. 초등학교 3학년 가을.

*

졸업을 앞두고 운전면허를 땄다. 부모님이 여행을 떠난 어느 날 새벽 2시에 차를 끌고 나와 친구를 태우고 의기양양 동네 투어. 다른 날 새벽엔 친구가 운전하는 차를 타고 한강에 가기로 한다. 친구의 차는 흰색 코란도. 코란도 뒷좌석은 접혀 있고 친구가 어디서 주워 온 중역 소파 같은 것이 마치 현대미술 작품처럼 실려 있다. 또 다른 친구가 조수석에 타고 나는 그 소파에 앉아 깔깔 웃으며 강변북로를 달렸다. 한강에서 귤을 서너 개 정도 까먹고 다시 집으로 돌아간다. 집에 오니 어느새 해가 떠 있다. 행여 소리가 나서 부모님께 들킬까 봐 신발 벗고 양말로 계단을 올라 집에 들어간다. 열아홉 살에서 스무 살로 넘어가던 겨울.

*

친구들과 다 같이 모여 하교하는 날이다. J가 복도를 지나가면서 야, 고홈 멤버들 구령대에 있는다, 라고 했다(같이 집에 가는 애들을 고홈 멤버라고 불렀다). 그날은 나랑 K가 청소 당번이었는데 애들이 기다리는 게 신경 쓰여서 걸레질을 대충 했다. 학교에서 나와 길 건너 아파트 상가로 익숙하게 들어간다. 상가 안쪽 복도 중앙쯤에 있는 BBQ 치킨집에 가서 치킨 말고 감자튀김 열 개를 시킨다. 감자튀김은 한 봉지에 천 원이다. 사장님이 복도 쪽에 돗자리를 깔아 주시곤 감자튀김을 한 봉지씩 건넨다. 우리는 감자튀김 봉지를 북북 찢어 돗자리 위에 깔고 감자튀김을 다 쏟아붓는다.

그걸 집어 먹으면서 와자지껄 떠들고 봉지에 남은 소금까지 다 찍어 먹는다. 집에 가는 길에 K가 본인 이름 중 한 글자가 크게 적힌 실내화 한 짝을 어딘가에 흘렸는데 못 찾았고, 그 한 짝이 다음 날 아침 등굣길 교문 앞 횡단보도 중앙에서 발견됐다. 우리는 그 사실이 너무 웃겨서 점심시간 내내 그 얘기만 했다. 중학교 3학년 여름.

*

　　현장에 쓸 소품이 모자라는데 시간이 부족해서 어찌할 바를 모르다가 촬영장 근처 폐차장에 갔다. 사이드미러와 문짝 하나를 사고 싶다고 하니 사장님이 귀찮은 얼굴로 대답도 없이 어느 대형 창고 문을 열어 준다. 자동차에서 뜯겨 나온 각종 부품들이 종류별로 전시되어 있는 공간에서 대체 뭘 사야 할지 머뭇거렸다. 사장님은 대뜸 에쿠스는 10만 원, 쏘나타는 5만 원, 마티즈는 3만 원 하더니 바깥으로 나가 버렸다. 대충 둘러보다가 마티즈 사이드미러 하나, 아반떼 문짝 하나를 사 와서 스프레이 락카로 예쁘게 칠했다. 2015년 가을 현장 미술감독으로 촬영을 앞둔 어느 날.

　　어떤 밴드의 공연에 갔다. 공연이 끝나고 근처를 배회하다가 우연히 밴드 멤버들의 뒤풀이 현장을 목격한다. 창문 너머의 그들은 공교롭게도 매우 화가 나 있다. 서로 주먹다짐이 오갈 정도로 대판 싸우고 있는 장면을 여과 없이 목도하는 바람에 놀라서 얼른 못 본 척 지나갔다. 밴드의 공연을 볼 때만큼이나 뛰는 심장을 진정시키며 술집에 들어가 새벽까지 놀았다. (밴드는 바로 그다음 날 해체함)

　　아빠가 운전을 하고 있고 꽉 막힌 도로는 차들로 북적하다. 라디오에서 뉴스 속보가 나온다. 인기가수 김광석이 사망했다는 소식이다. 아빠 차에는 항상 김광석 카세트테이프가 있었고, 나는 아빠가 김광석을 좋아한다는 사실을 잘 알고 있었다. 아빠의 표정을 살피려고 애를 썼지만 보이지 않았다. 1996년 차를 타고 목포 큰할아버지 댁에 갔다가 서울로 돌아오는 길.

　　이 가운데 제대로 된 기억은 아마 없을 것이다.

사람의 기억은 대부분 조작되고 왜곡된다. 친구들과 대화를 하다 서로 기억이 달라서 "내기할래?"라는 말이 튀어나왔을 때. 종종 백 프로 확신한다고 여겼던 기억이 완전히 틀렸다는 걸 깨달을 때가 있는 것처럼 기억은 대체로 엉망이다. 그럴 때마다 인간은 얼마나 멋대로 기억하고 있는 것일까, 제대로 된 기억이란 얼마나 될까, 아니 제대로 기억한다는 것은 무엇일까 생각한다. 기억을 기억해 보려고 할수록 그것들은 끝없는 상상의 장면처럼 이어지고 또 이어진다. 나의 기억인지 다른 누군가의 기억인지도 모를 장면들이 머릿속에 재현되는 동안 과연 나의 뇌는 어떻게 움직이고 있을지 궁금해졌다. 좋았던 기억은 더 좋은 쪽으로 슬픈 기억은 더 충격적으로 슬프게. 두 손으로 꾹꾹 눌러 주먹밥을 만들듯 요리하다가 돌연 그걸 접시에 담고 물에 대충 말아서 숟가락과 함께 내놓는 뇌의 뻔뻔한 모습을 상상했다. 정말 짜증 나.

제대로 된 기억이란 무엇일까.

종종 제대로 기억하고 싶은 욕망이 생길 때가 있었다. 사실 그대로 더하지도 덜지도 않은 완전한 기억이 제대로 된 기억이라면, 그 생생한 기억을 한 번쯤 돌이켜 보고 싶다는 욕망. 주로 수년 전 찍어 둔 영상 같은 것을 우연히 다시 보게 될 때나 보고 싶지만 더 이상 볼 수 없는 것에 대해 떠올릴 때, 아름다운 꿈을 꾸고 일어났을 때 그런 생각이 들었다.

영상으로 남겨진 기억들은 가끔 제대로 된 기억처럼 보이기도 한다. 어떤 영상 속 나는 기억에 없는 말들을 하고 기억에 없던 무늬의 의자나 기억에 없는 벽 앞에 앉아 기억에 없는 표정을 짓고 있다. 가끔은 다시 보기에 멋쩍은 장면들도 있고, 도무지 알아들을 수가 없어서 몇 번이고 다시 들어 보는 말들도 있다. 2014년에 찍힌 짧은 영상에는 사람이 등장하지 않는다. 대신 형태가 잘 보이지 않는 검은 재킷 하나가 의자에 걸려 있다. 4초가량 지났을 때 화면에는 안 보이는 내가 웃으면서 "야 ㅎ 여심을 흔드는 재킷이다"라고 말하고 주변 사람들은 깔깔 웃는다. 여심을 흔든다는 말은 대체 누가 만들었을까. 아무튼 내 기억에는 없지만 내가 찍었으니 내 기억이어야 할 것처럼 남아 있는 장면이다. 그렇다면 이것은 제대로 된 기억일까? 기억도 안 나는 주제에? 제대로 된 기억이란 무엇일까.

남길 기억과 소각될 기억을 선별하는 주체는 나다. 지금 내게 남은 기억들은 반드시 나에게 남아야 할 이유가 있었을 것이다. 수많은 기억들을 내리 적어 낼 수도 있었지만 나는 그중에서도 위의 기억들을 적어 냈다. 왜일까. 단기 기억은 아주 짧게 남았다가 사라지지만 오래 남을 기억은 무의식에 저장된다는 글을 본 적이 있다. 무의식 안에 숨어 있는 기억들은 나의 걸음걸이가 되기도 하고 나의 말투, 나의 두려움, 나의 다정함이 되기도 할 것이다. 몸이 되어 버린 기억에 대하여.

> 그렇게 많은 이야기를 하고도 기억나는 것이 없느냐고 재차 묻자 그건 말이지,라고 애자는 말했다. 너무 소중하게 너무 열심히 들어서 기억에 남지 않고 몸이 되어버린 거야.
> 몸?
> 들었다기보다는 먹은 거야. 기억에도 남지 않을 정도로 남김없이 먹고 마셔서, 일체가 되어버린 거야. 아침에 먹은 우유 한모금이 피가 되고 근육이 되는 것처럼, 그 이야기들이 전부, 내 피가 되고 뼈가 된 거야,라고 말한 뒤 애자는 자기가 한 말을 생각해보는 듯한 모습으로 다시 생각에 잠겼다.[*]

몸이 되어 버린 기억은 제대로 된 기억일까. 어쩌면 그럴지도 모르겠다는 생각이 들었다. 아마도 제대로 기억했기에 몸이 되어 버렸을 거라고. 쇼펜하우

_____

• 황정은, 『계속해보겠습니다』, 창비(2014)

어는 청년기의 기억이 가장 강렬하고 오래 남기 때문에 그것이 얼마나 중요한지를 말하면서도 그보다 중요한 것은 무엇을 기억할 것인지 선택하는 선견지명이라고 말했다. 제대로 기억한다는 것은 어쩌면 그런 것일지도 모른다.

　　꿈을 녹화하고 싶다는 생각을 자주 한다. 내가 제대로 기억한 것들은 내 꿈에서 다 함께 만난다. 그것이 내가 제대로 기억한 것을 눈으로 확인할 수 있는 방법이다. 나는 꿈꾸는 것이 재밌어서 종종 기대하는 마음으로 잠에 들고, 꿈을 그만 꾸는 것이 아쉬워 깼다가 다시 잠들기도 한다. 어떤 날은 꿈에서 기가 막힌 영상을 하나 만들었고 그 영상이 내 방 천장에 프로젝션 되는 것을 감상하다가 깨기도 했다. 실사 이미지가 픽셀로 이루어진 그래픽으로 변했다가 화려한 색으로 흩어지더니 내 방 창문으로 순식간에 퍼졌고 다시 화면 속으로 들어가 홀연히 사라졌다. 그것들은 내가 분명 어디서 본 적이 있거나 아니면 본 적이 있었던 것들이 서로 합쳐지면서 새로운 형태를 이루었거나 새로운 형태를 이룬 것들이 또 본 적 있었던 어떤 것을 만나 다시 다른 형태로 변했거나. 아무튼 내 깊은 곳에 있는 어떤 기억들의 또 다른 모습일 것이다.

　　아트디렉팅 작업을 할 때는 단서와 재료에 관

한 얘기를 많이 하곤 했다. 가끔 영감은 어디서 얻는지 질문을 받을 때에도 나는 시시때때로 바뀌어 실체가 없는 영감을 무어라 설명하기가 어려워서 대신 단서와 재료에 대해 설명했다. 아이디어가 필요한 상황에 놓이면 내가 맞닥뜨린 미션에서 단서를 찾고 그것에 내가 가진 재료를 더하는 방식으로 창작이란 것을 해냈다. 재료는 언제나 기억에서 왔다. 나도 모르는 사이에 내가 보고 들었던 것들이 힘이 되는 방식으로 움직였다. 이건 위로처럼 들리기도 한다. 무언가를 만들어 내는 작업은 결코 0에서 출발하는 것이 아니라는 말이기도 하니까.

시간에 쫓기며 아이디어를 짜내기 위해 머리를 싸매야 할 때에도 나는 팀원들과 어제 있었던 일에 대해서, 지난달에 겪었던 사건에 대해서, 어릴 때 만났던 사람에 대해서 이야기 나누며 소소한 농담을 주고받는 일을 즐겼다. 우리는 시답지 않은 소리를 하고, 서로의 기억들 안에서 이상한 구석을 찾고, 뜬금없이 튀어나온 단어 하나로 깔깔대며 웃고, 그렇게 끊임없이 화제를 이어 가다가 별안간 동시에 어? 뭐야 이거 재밌는데? 하면서 마치 오늘 안에 모든 게 해결될 것 같은 기대에 부풀곤 했다. 물론 대부분의 어?는 30분 정도가 지나면 아, 안 되겠네…로 결론이 나기 일쑤였지만 그럴 때마다 우리는 서로에게 일단 주머니에 넣어 놓으라고 말했다. 그리고 그렇게 주머니에 넣어 놓았던 것들은 언제나 쓸모가 있었다.

가끔 나는 내가 제대로 기억한 것들을 다시 기억해 보려는 노력이 필요하다는 생각을 한다. 그 기억들로부터 다시 만들어 낼 수 있는 어떤 것에 대한 희망 같은 것을 가지면서. 몸이 된 기억들에게. 너희가 뽐낼 수 있는 기회를 내가 한번 줘 보겠다는 너그러운 마음으로.

오늘은 비가 많이 왔다. 주차장에 물이 새는지 누군가 받쳐 놓은 우산 통이 여러 개 있었고 주차장 가득 물 떨어지는 소리가 울려 퍼져 아름다웠다. 어떤 통은 가득 찬 물이 아슬아슬 넘실거렸다. 나는 물의 부력에 감탄하며 그 장면을 영상으로 남겼다. 만약 내가 영상을 찍는 동안 물이 넘치면 이번 주에 좋은 일이 있을 거라고 주문을 걸어 봤지만 물은 결국 안 넘쳤다. 나는 이 기억을 잘 보관했다가 언젠가 써먹을 것이다. 물이 영원히 넘치지 않는 쪽으로 혹은 우산 통에 구멍이 뚫린 쪽으로. 아무튼 간에 재밌는 쪽으로 기억하고 바꾸고 더해서 어디에든 잘 써먹을 것이다. 제대로 기억하는 것이다.

내가 이유 없이
박수를 쳐도 같이
따라 칠 사람이
있다는 것이

진경환을 만난 건 2009년쯤이었을 거다.

당시 나는 SSOPA(Seoul School of Performing Arts) 라는 공연 아카데미에 다니고 있었다. 어느 날 뮤지컬을 보러 갔다가 공연장 앞에 퉁명하게 서 있던 수강생 모집 배너 광고에 설득당했고, 반대하는 엄마를 울면서 졸라 등록한 학원이었다. 선착순 30명 모집이라는 카피에 마음이 급해져서 퉁퉁 부은 눈이 가라앉기도 전에 뛰어가 등록을 했는데, 수업은 30명을 다 채우지 못한 채 마감됐다. 아무튼 나는 길거리 배너의 광고 효과를 그때 처음 인정했다. 그리고 그 배너 따위가 내 인생의 방향을 완전히 틀어 버렸다.

6개월 코스의 수업은 기수제로 운영됐고 나는 25기의 막내였다. 우리는 콘서트와 뮤지컬의 백스테이지에서 헤드셋 같은 것을 끼고 일하는 검은 옷의 사람들이 대체 무슨 일을 하는지, 각자 어떤 역할을 하는지, 또 어떤 것을 하면 안 되는지 세세하게 배웠다. 들어 본 적 없는 재미있는 이야기가 매 수업마다 쏟아졌고 나는 눈을 깜빡여야 하는 타이밍을 까먹을 만큼 집중했다. 그렇게 한동안 낮에는 대학 생활을 하고 저녁에는 학원에 갔다. 부모님도 대학 동기들도 내가 왜 갑자기 공연 공부를 하겠다고 하는지 그 갑작스러움에 대해 이해하지 못했다(당시 나는 정치외교학을 전공했다). 솔직히 나도 이해가 안 갔다. 배너를 본 것이 그저 자연스러운 일이었다고 여겼다. 애초부터 이렇게 되어 버릴 일이었다고 생각했고, 그 이후로 오래 고민하지 않아도 될 정도로 예사롭게 선택하게 되는 일에 대해서는 그것이 큰 결정이든 아니든 줄곧 운명이라 받아들이며 살았다.

6개월간의 교육 과정을 마치고 나는 콘서트 연출 감독인 스승님의 팀에 들어가 헤드셋 같은 것을 끼고 일하는 검은 옷의 사람이 되었다. 왠지 휴학을 하기는 싫어서 학기 중에는 수업을 마친 뒤에 사무실로 달려가 아이디어 회의를 했고, 방학 때는 전국 곳곳을 다니며 콘서트 투어를 돌았다. 어느 공연장을 가나 나는 검은 옷을 입은 사람들 중 가장 어렸다. 모두 나를 막내야, 하고 부르며 예뻐했기 때문에 나는 이리저리 뛰어다니며 맛있는 것도 얻어먹고 까불거렸다. 여린 소녀 같던 스승님은(아저씨다) 그중에서도 나를 무척이나 예뻐하셨는데 그 이유는 내가 한참이나 어린 주제에 꽤나 잘 까불었기 때문이었다.

"수백 명의 제자들 중에 나를 정말 이렇게까지 놀리는 놈은 너랑 진경환뿐이다."

그때 진경환의 이름을 처음 들었다. 진경환은 10기였고 나랑 무려 여덟 살 차이가 나는 선배였다.

"내 생각에 둘이 잘 맞을 것 같아."

본 적도 없는 나이 많은 사람과 내가 잘 맞을 것 같다니 뭐가 잘 맞을 것 같은지 별로 궁금하지도 않았지만 "오 그래요? 궁금하네"라고 대답했다.

그리고 얼마 뒤 스승님이 나를 논현동에 있는 조개찜 가게로 불렀다. 프랑스 유학 중인 진경환이 방학을 맞아 잠깐 한국에 방문했으니 와서 인사라도 나눠 보면 어떻겠느냐는 것이다. 나는 알겠다고 하고 말 그대로 인사만 하고 나올 생각으로 조개찜 가게 문을 열고 들어갔다. 스승님과 몇몇 선배가 좌식 테이블에 둘러앉아 있었고 그 가운데 진경환이 있었다.

진경환은 마치 서울에 내한 공연을 하러 온 프랑스 밴드 보컬 같은 차림새였다. 보자마자 왠지 까불고 싶은 마음이 들었지만 그날 처음 본 선배니까 최대한 공손하게 인사를 나눴다. 서로 낯을 가리긴 했지만 이야기를 나누다 보니 제법 재미있는 사람이라는 생각이 들었다. 특히 스승님을 은근하게 놀리는 분야에서는 과연 나와 잘 맞는 구석이 있었다. 호흡을 맞춘 적이 없음에도 티키타카가 잘 이루어졌고 내가 농담 스파이크를 날리기 좋게 옆에서 살포시 토스를 올리는 기술도 인정할 만했다. 스승님이 양이라면 우린 늑대 같은 존재였고, 대체로 늑대끼리는 서로 놀리지 않는다는 것이 암묵적 룰이다. 하지만 2차로 자리를 옮기기 위해 모두가 주섬주섬 신발을 찾아 신을 때 수많은 신발들 사이에서 기세를 뽐내고 있는 진경환의 구두를 보고 말았다. 앞코가 하늘을 향해 솟아 있는 뾰족한 백구두. 그 구두에 꾸깃꾸깃 발을 넣고 있는 진경환의 뒤통수를 보자 까불고 싶은 마음이 불쑥 올라왔고, 결국 참지 못한 말을 뱉어 버렸다. "구두가 되게 멋있네요." 진경환은 그런 나를 보더니 멋쩍게 웃으며 뒤꿈치를 마저 구겨 넣었다. 가게를 나와 2차 장소로 걸어가는 내내 선배들은 불어로 된 간판을 볼 때마다 진경환에게 "저건 어떻게 읽어?" 하고 물었다. 진경환은 두꺼운 입술로 뷰, 듀, 즳 같은 소리를 내면서 간판의 글자들을 천천히 읽어 줬다. 별말 없이 웃기는 사람이었다. 이 첫 만남 이후 약 5년 동안 진경환을 다시 만난 적도 연락을 주고받은 적도 없었다.

그리고 5년이 지난 어느 날 진경환으로부터 메시지가 하나 왔다.

"Hi, 질문 하나 있습니다. 언제 졸업합니까?"

나는 진경환을 만난 시점 이후로 2년 정도 공연 연출팀에 더 있다가 돌연 미국에 있는 대학으로 편입을 한 상태였다. 5년 만에 내 안부도, 하다못해 미국 날씨가 어떤지도 묻지 않고 대뜸 졸업을 묻다니 황당하기 그지없었지만, 아무튼 진경환은 졸업하고 본인의 회사에서 같이 일해 볼 생각이 있는지 물었다.

나는 다원예술… 미디어… 퍼포먼스… 아트 어쩌고
를 한다는 그 회사가 뭐 하는 회사인지도 잘 모르겠
고 일단 졸업까지가 너무 먼 얘기라 대화를 얼렁뚱땅
마무리했다. 하지만 그로부터 정확히 2년 뒤 한국 땅
을 밟은 나는 어색하게 재회한 진경환과 회사 생활을
시작하게 됐다. 귀국 이틀 만의 일이었다. 이전에 말한
회사가 아닌 새로 시작하는 회사였고, 나는 그렇게 4
인의 창업 멤버 중 마지막 멤버로 합류했다.

그간 해 오던 예술 사업을 접고 짧은 영상 콘텐
츠를 만들어 보기로 했다는 진경환은 7년 전보다 프
랑스 분위기가 많이 걷힌 상태였다. 앞코가 하늘로 솟
은 구두 대신 운동화를 신고 있었고 꽤 캐주얼해진
모습이었다. 물론 나도 유학을 다녀오면서 상황이 많
이 달라져 있었다. 갑자기 전공을 180도 바꿔 미국
대학 편입에 성공한 나는 4년간 그래픽 디자인을 공
부하고 돌아온 상태였고, 영상 제작 회사에서 당장
내가 뭘 할 수 있을지를 고민해야 했다. 진경환이 나
의 무엇 때문에 같이 일해 보고 싶다고 한 건지도 궁
금했다. 진경환은 내 페이스북 활동을 지켜봤다고 했
다. 내가 친구들과 심심풀이로 해 왔던 자잘한 프로젝
트나 시시한 게시물 같은 것에서 내 싹수를 봤다고 했
다. 뭘 봤다는 건지 도통 모르겠었지만 일단 같이 일
하면 재밌겠다는 생각이 들었다는 말 같아서 그렇구

나 하고 고개를 끄덕였다.

유학 시절 배운 디자인 기술을 살려 갓 탄생한 이 회사의 로고와 명함을 만드는 것이 나의 첫 업무였다. 그리고 그 밖에 '미대 나온 사람'이 할 수 있는 것, 예를 들면 페인트칠하기라든지 화분 배치하기, 창에 암막 시트지 붙이기 같은 일을 했다. 첫 번째 영상 프로젝트를 시작하면서부터는 촬영 현장에 투입되었고, 촬영이 끝난 후 그것을 세상 밖으로 내보내는 데 필요한 많은 일들을 하게 되었다. 진경환은 촬영이나 기획이 처음인 나에게 이것저것을 알려 주었는데 마치 농담을 주고받는 듯한 은근한 가르침이어서 나는 그것들을 재밌는 방식으로 흡수했다. 그야말로 죽이 잘 맞았다. 거의 대부분의 프로젝트에서 함께 일을 할 때쯤에서야 나는 스승님이 왜 진경환과 내가 잘 맞을 것 같다고 말했는지 알게 됐다.

첫 번째 프로젝트가 꽤 성공적인 반응을 얻었을 때쯤 촬영장에서 진경환이 갑자기 어제 자기 전에 떠오른 것들에 대해 말했다. 진경환은 기억력이 매우 좋지 않았기 때문에 나는 "아 잠깐만" 하며 말을 끊고 핸드폰을 들어 그가 두서없이 하는 말을 영상으로 남겼다. 진경환이 이런 식으로 뱉는 아이디어들은 보통 맺음이 없이 "그다음은 몰라 ㅎ" 같은 말로 끝났지만 나는 그 후로도 계속해서 영상을 남겨 뒀다. 그리고 그날

촬영장에서 뱉은 그 아이디어를 바탕으로 우리는 〈두여자 deux yeoza〉라는 콘텐츠를 만들기로 한다.

2015년에 만들어진 〈두여자〉는 세상에 없던 콘텐츠였다. 두 여자가 화면을 정면으로 응시하고 앉아 맞은편에 있는 제3의 인물과 대화를 나누는 설정의 콘텐츠였는데, 단순히 대화를 주고받는다기보다 발화의 형태를 마치 연극의 독백처럼 구성한, 이렇게 글로 풀어 설명하기에는 조금 어려운 형식의 독특한 콘텐츠였다. 두 여자는 마치 그들의 속마음이 사람으로 의인화된 것처럼 대화를 나눴고, 앞에 앉은 제3자에게는 그 말들이 들리지 않는 것을 전제로 했다. 나와 친구가 2:2 미팅 자리에 나갔다고 치자. 상대편 사람들 앞에서 하지 못할 말들을 테이블 아래에서 친구와 문자로 주고받을 수 있지 않은가. "쟤 내가 말할 때 표정 봤지 나한테 관심 있는 것 같은데" "아니 나한테 관심 있는 것 같은데" "지금 나한테 휴지 건네주는 거 봤지 나한테 관심 있다니까" 가령 이런 속마음 같은 말들을 대사로 뱉어 버리는 것이다. 제3자는 중간중간 "저는 책 읽는 걸 좋아해요" 같은 대사로 화제를 바꿔 간다. 그리고 그 대사를 들은 두 여자는 다시 시청자에게만 들리는 대화를 이어 간다. "쟤 아까 내가 책 들고 온 거 보고 저렇게 말하는 거 맞지" "너 책 들고 온 거 확실히 보고 얘기하는 것 같은데" 이런 식으로 말이다.

〈두여자〉를 만들 때부터 진경환과 나는 본격적으로 호흡을 맞춰 갔고, 익숙하지만 새로운 것에 대해 오랜 시간 함께 고민했다. 일상의 사건들에 새로운 형식을 부가하는 식으로 혹은 현실을 살짝 비트는 식으로. 조화보다는 조합에 초점을 둔 작업이었고 거기엔 미술 또한 포함이었다. 미술감독의 일을 배운 적도 해본 적도 없었지만 진경환은 나에게 아무것도 구애받지 말고 맘대로 한번 해 보라고 했다. 우리는 미셸 공드리가 카메라와 공간감을 활용해 착시를 만드는 것을 설명하는 영상이라든지 로버트 윌슨이 만든 이상하고 아름다운 무대 영상 같은 것들을 밤새 보았다. 그리고 다음 날 팀원들과 모여서 카메라를 앞에 설치해 두고 이것저것 테스트해 보았다. 인물 앞뒤로 대도구와 소품을 배치해 보며 원근감과 공간감을 시험해 보기도 하고, 앵글이 고정된 카메라 앞에서 인물이 연기를 이어 갈 때 미술이 어떤 역할을 해 주어야 하는지를 고민했다. 두 여자를 비추는 장면과 제3자를 비추는 장면이 계속 반복되는 구성이었기 때문에 시각적으로 지루해 보일 수 있는 부분을 미술이 어느 정도 상쇄해 주어야 했다. 공간 자체로 어딘가 익숙해 보이면서도 이상하다는 느낌을 주기를 바랐다. 그것이

〈두여자〉와 어울리는 방식이었고, 현실과 비현실의 경계에서 오묘한 줄타기를 하는 그들만의 세상을 보여주는 장치라고 생각했다.

　　　진경환 김지원 듀오의 작업은 그렇게 시작됐다. 우리는 대부분의 기획을 같이했다. 그다음 프로세스에서 진경환은 연출과 편집을, 나는 현장미술과 디자인을 맡는 식으로 각자의 위치에서 각자의 할 일을 했다. 최악의 기억력을 가진 진경환이 "아 그분 누구시더라 눈 크고 목소리 크고 키도 좀 크신데 그 어디에서 누구 아빠로 나오셨는데 이름이 좀 둥근 느낌인데" 하고 스무고개 하듯 말하면 기억력이 좋은 내가 "아 안길강 배우님?" 하는 식으로 호흡을 맞춰 갔다. 가끔 엄마가 창작자인 딸의 미래를 걱정하며 조금만 나이 들면 창작하는 거 어렵지 않겠냐고 물을 때마다 "괜찮아 경환 오빠도 아직 잘해" 하면서 여덟 살 차이가 나는 진경환을 잘 써먹기도 했다.

　　　2018년 〈두여자〉는 영문 제목인 deux yeoza에서 스펠링 몇 개를 따서 만든 dxyz라는 이름의 브랜드로 확장됐다. 진경환과 나를 비롯한 dxyz 팀은 '유머를 잃지 말자'는 슬로건을 내걸고 dxyz를 다양한 종류의 아트 작업을 하는 집단으로 사람들에게 소개했다. 우리는 기존 〈두여자〉보다 더 확장된 개념의 영상 콘텐츠를 만들어 선보였고, 두 여자가 영상에 입고 나올 옷을 직접 만들어 팔았고, 급기야 성수동에 dxyz라는 와인 바까지 열었다. dxyz의 정체성을 보여 주는 동시에 그 세계를 좋아하는 사람들을 위한 공간을 마련하고 싶다는 생각에서였다. 물론 모두 회사의 자산이 될 것이었지만 그 공간을 구축하는 모든 과정을 dxyz 팀원들과 직접 해결했다. 하루에 부동산 몇 군데씩을 돌아다니며 공간을 찾았고 공간을 계약한 후에도 차근차근 도장을 깨듯 해야 할 일들을 했다. 진경환은 소방교육을 받고 주류면허를 땄으며, 나는 자재를 주문해서 탁자와 의자를 만들고 배치하며 내부를 꾸몄다. 메뉴를 어떻게 구성해야 할지, 주류는 대체 어디서 가져와야 하는지 아무것도 몰라 막막할 때 진경환은 그냥 밖에 나가서 다른 식당 앞에 서 있는 주류 운반 트럭에 적힌 번호로 전화를 걸었다. 우리는 어느새 근처 전파사 아저씨랑도 친해졌고 에어컨 설치 기사님과 "예 저희 그때 그 성수동 3층인데요"라고 얘기할 수 있을 정도가 됐다. 모든 것이 무모했지만 그랬기 때문에 dxyz라는 이름 아래 있던 그 시절이 내 인생에서 가장 즐거웠다. dxyz 공간은 낮엔 사무실이었고 밤엔 손님들이 드나들었다. 때때로 dxyz 이름을 내걸고 영상을 만들었지만 그 영상만으로는 돈을 벌 수 없었기에 광고 콘텐츠도 만들고 아이돌 콘텐츠도 만들고 대기업의 사내 콘텐츠도 만들면서 회사의 수명을 이어 갔다. (슬프게도 회사는 오래가지 못했다)

아직도 가끔 dxyz의 콘텐츠들을 다시 보며 그 시절이, 진경환을 비롯해 그때 나와 함께했던 사람들이 내게 어떤 의미인지를 생각해 보곤 한다. 우리는 대체로 철이 없었고 무모했고 고집스러웠지만 용감했고 빛이 났고 행복했다.

같이 회사를 그만두고 세상 밖으로 나온 뒤에도 진경환과 나는 가끔 함께 일하고, 재밌는 것들을 공유하고, 맛있는 고깃집을 찾아다니며 술을 마신다. 우리 일상은 dxyz 시절보다 조금 무료하고 덜 재밌을 때가 많고 우여곡절이 훨씬 늘었지만 그래도 같이 한숨을 쉬며 신세 한탄할 동지가 있다는 것이 웃기게도 힘이 된다.

우리는 언젠가 또 모여서 재밌는 작업을 하게 될 것이다. 그것은 영상 콘텐츠가 될 수도 있고 영상 콘텐츠 아닌 것일 수도 있고 진경환도 나도 그 누구도 모를 일이지만, 아무튼 나는 진경환이 더 늙기 전에 그 일이 일어났으면 하고 바랄 뿐이다. (가끔 내가 초등학생이었을 때 진경환은 군인 아저씨였다는 생각을 하면 아찔하다) 진경환은 내가 "이런 건 어때?"라며 대뜸 이상한 아이디어를 제안했을 때 단 한 번도 "에이 그게 뭐야"라고 대답한 적이 없었다. 대신에 "이런 건?" 하면서 언제나 내가 한 말보다 더 이상한 말로 받아치는 사람이었다. 그래서 나는 더 용감해지고 더 자유로워질 수 있었다. 용감함과 자유로움을 주는 동료는 얼마나 귀한가. 그런 동료가 빠르게 늙지 않고 계속 철없이 말장난을 즐기는 사람으로 오래 남아 주길 간절히 바란다.

글을 마무리하며 진경환에게 문자를 보냈다.
"나 진경환 실명 언급해도 돼? 아니 진경환 얘기 써도 돼? 알았다고? 오케이~"
진경환은 한참 뒤에 답장을 보내왔다.
"오케이~"

관찰형 운전수,
하지만 전방 주시도
잊지 않는

동부간선도로에서 마포대교 방면으로 가는 강변북로를 타면 진입로를 얼마 지나지 않아 넓은 커브 구간이 나온다. 300미터 앞 급커브 구간입니다. 주의하세요. 내비게이션은 언제나 커브 구간 직전에 새침하게 주의를 준다. 급커브 구간에서는 속도를 내면 안 된다고, 그렇지 않으면 원심력에 굴복하게 될 거라고 경고하는 것일 테지만 그 경고가 무색하게도 이 구간에서는 애초에 속도를 낼 수가 없다. 대부분 무지 막히기 때문이다. 강변북로는 좌우지간 밤 열 시에도 종종 막히고 그 위에서 나는 한숨을 백 번도 넘게 쉬어 봤기 때문에 이제는 의젓하게 그러려니 할 수 있다.

장마가 끝난 어느 날에도 나는 그 커브 중간에서 오도 가도 못하고 브레이크를 밟았다 뗐다 하는 중이었다. 오랜만에 맞이한 맑은 날이었고, 차가 막히는 바람에 도로 주변의 풍경을 단속적으로 감상할 수 있었다. 오늘 한강 예쁘긴 하네. 혼잣말을 뱉으면서 선글라스를 꺼내 썼다. 선글라스를 평생 습관처럼 써서 눈 건강 나이가 이십 대에 가깝다는 김혜수 언니의 얘기를 듣고 나서부터 나는 운전할 때 선글라스를 자주 꺼내 쓴다. 그러다 터널에 진입하면 너무 어두워서 잠깐 머리에 올려놨다가 터널 끝을 빠져나갈 때 한 손으로 다시 선글라스를 내려 쓴다. 그럴 땐 아주 잠시 김혜수 같은 어른이 된 느낌이 들어 우쭐한다.

커브 길 바깥쪽에는 일정 구간 흰색 빗금이 그어진 공간이 있다. 그날도 여느 때처럼 차들이 줄지어서 있었기 때문에 나는 빗금이 그어진 그 공간을 지나치는 것도 안 지나치는 것도 아닌 속도로 이동했고 그때 가로등 하나가 시선을 끌었다. 모든 가로등의 아랫부분과 도로의 펜스 사이에는 작은 박스 형태의 빈 공간이 있었는데, 나와 눈이 마주친 가로등 뒤쪽 공간에 무언가 예쁘게 세워져 있었다. 처음엔 뭔지 잘 안 보였다. 마침 앞차가 움직여서 조금 더 가까이 갈 수 있게 됐고 거기엔 흰색 손잡이가 달린 투명 우산이 있었다. 아이 뭐야 우산이구나. 고개를 돌려 지나쳤다. 그런데 생각해 보니 이상했다. 아니 우산이 왜 저기에 있지. 다시 보았다. 가로등과 펜스 사이 그 비좁은 공간에 우산이 곱게 세워져 있다. 아니 우산이 왜 저기에 있는데? 우산은 마치 누가 일부러 감춰 둔 것처럼 있었다.

본능적으로 사진을 찍어 두고 싶다는 생각이 들었는데 고민하는 사이 앞차가 움직였고 어쩔 수 없이 나도 앞으로 조금 이동했다. 미스터리 우산은 점점 멀어졌다. 피치 못할 사정으로 빗금 친 공간에 정차한 누군가가 두고 간 우산인가? 아니면 혹시 사고가 나서? 그렇다면 어느 보험사 직원의 우산? 근데 왜 두고 갔을까. 비가 오다가 갑자기 그쳤나? 아니 그래도 왜 두고 갔을까 본인 우산을. 무엇보다 궁금한 건 도대체 왜 가로등과 펜스 사이 저 비좁은 공간에 우산을 껴 넣을까 하는 것이었다. 우산은 어디선가 누군가에 의해 또는 사고로 우연히 이 도로에 굴러 들어올 수 있다. 하지만 저기에 우산을 끼워 넣는 건 누가 일부러 하지 않는 이상 불가능한 일이었다. 미스터리한 일이라고 생각했다. 물론 그게 왜 그렇게 궁금하냐고 묻는다면 그것 또한 미스터리다.

그날 이후로 나는 그 구간에 진입할 때마다 괜스레 그곳이 막히길 바라면서, 그래서 그 현대미술 같은 우산을 다시 볼 수 있기를 바라면서 기대하는 자세로 운전을 한다. 물론 우산은 감쪽같이 사라졌다. 하지만 그렇다고 내 기대감마저 사라진 것은 아니다. 나는 배우들이 자주 하는 연기 중에서 무언가를 무심코 지나쳤다가 어? 하는 표정으로 고개를 돌려 다시 한번 쳐다보는 종류의 액션을 좋아한다. 그런 극적인 연기를 나도 한번 해 보고 싶어서 실제로 그런 일을 겪었으면 하고 바란다. 미스터리 우산도 3할 정도는 이런 의미에서 나를 기대하게 만든다. 혹시 내가 다른 가로등으로 착각했을 수도 있으니까. 아니면 누가 우산을 다시 가져다 놓았을지도 모르니까. 하는 마음으로 막히는 도로 위에서 여전히 빗금 너머를 본다. 이건 운전하는 나와 내 차만 아는 일이다.

사실 내 차를 갖게 되고 운전을 하기까지 오랜 시간이 걸렸다. 2006년에 면허를 딴 직후 겁도 없이 엄마 차를 일주일 몰아 본 것 말고는 딱히 운전 경험이랄 게 없었다. 현장 미술감독으로 일할 땐 가끔 촬영에 필요한 소품과 거대한 짐들을 싣고 다녀야 했지만 나는 지독한 장롱면허 소지자였기 때문에 주변의 신세를 많이 졌다. 그렇게 면허증을 갱신하고도 남는 긴 시간을 보내는 동안 나는 꽤 많은 친구들의 조수석 담당이자 장거리 운전 전문 DJ, 그리고 조수석에서 절대 안 조는 사람 1위로 자리매김했다.

　　그러던 어느 날 갑자기 무슨 계시를 받은 것처럼 차를 사고 운전을 해야겠다는 마음이 번쩍 들었다. 시간적 여유가 생겼거나 여건이 나아진 것도 아니었고 어떤 계기가 있었던 것도 아니었지만 정말로 갑자기 그런 마음이 들었다.

　　"나 연수 받고 차 사서 운전하고 다니려고."

　　언젠가 친구 백수빈의 차 조수석에 앉아서 운전할 결심을 내비쳤다. 백수빈은 별다른 물음도 없이 전방을 주시하며 "야 진짜 빨리 사서 빨리해"라고 딱 잘라 말했다. 백수빈은 매일 용인에서 성수까지 차를 몰아 출퇴근을 하고 차 없이는 아무 데도 안 가려고 하는 친구다. 내가 무어라 대답하기도 전에 백수빈은 운전하며 보내는 시간의 소중함에 대해, 정확히는 내 차라는 공간의 필요에 대해 빠르게 늘어놓기 시작했다.

"나 이 차 타고 다니면서 진짜 존나 많이 울었어."

일이 힘들어서도 울고, 누가 생각나서도 울고, 음악이 좋아서도 울고, 하늘이 예뻐서도 울고, 어디 가서 못 울어도 차에서는 울 수 있다고. 그건 나랑 내 차만 아는 일들이라면서. 매일 나 혼자만 경험할 수 있는 공간이 있다는 아름다운 사실에 대해 열변을 토했다. 일장 연설의 중간중간 "야 진짜 빨리 사"라는 말을 계속 반복했기 때문에 나는 살짝 기가 빨려 초점이 흐려지는 중이었지만 백수빈이 말하는 그런 일들은 정확히 내가 기대하고 있는 일이 맞기도 했다. 물론 백수빈처럼 차에서 울 생각은 없었지만. 아무튼 나의 일상과 내가 누릴 수 있는 공간의 범위가 분명히 달라지리라는 기대가 있었다.

얼마 지나지 않아 백수빈은 차를 바꿨다. 그리고 오랜 시간 그의 동반자였던, 그의 울음을 묵묵히 받아 냈던 헌 차를 떠나보내며 또다시 펑펑 울었고, 같은 시기에 나는 내 차를 갖게 됐다. 차를 산 이후 나는 거의 매일 차를 가지고 다녔다. 백수빈처럼 차 없이는 아무 데도 가지 않으려고 했고 자주 먼 곳으로 떠났다. '운전하는 나'만이 볼 수 있는 것들이 많았고 '운전하는 나'만이 할 수 있는 일들이 많았다. 그간 나를 조수석에 태우고 다녔던 친구들에게 신세를 갚기도 하고, 뚜벅이 친구들을 태우고 훌쩍 떠나는 낭만도 누릴 수 있게 됐다. 혼자 주유하는 법을 배웠고, 좁은 골목에서 내 차의 크기를 가늠하는 법, 드라이브 스루로 음식을 주문할 때 메뉴를 빠르고 정확하게 말하는 법, 그리고 내 차에 탄 사람들이 멀미로 힘들어하지 않게 운전하는 법을 조금씩 알아 갔다. 더불어 강변북로의 미스터리 우산 같은 것을 발견하는 일도 많아졌다.

최근엔 용비교를 건넜다. 용비교에서 응봉산을 지나치는 길에는 낙석 방지용 펜스가 짧은 구간 설치되어 있는데 내가 봐 왔던 다른 펜스들과 달리 물결무늬로 만들어진 것이 눈에 띄어 기억해 두고 있었다. 그 옆을 천천히 지나는 날엔 물결이 느리게 치고 빠르게 지나는 날엔 물결도 잘고 빠르게 사라진다. 나는 펜스 옆을 지날 때마다 연필을 가로로 들고 위아래로 흔들며 착시로 물결을 만들어 냈던 어린 시절 장난을 떠올린다. 그리고 낙석 방지용 펜스를 구태여 물결무늬로 만들어 설치한 어떤 이들의 노력과 세심함에 고마움을 보낸다. 가끔은 펜스 설치 계획을 발표하는 어느 회의실의 장면을 상상하기도 한다. "응봉산의 자연경관을 최대한 해치지 않는 디자인으로" 같은 문장을 내뱉으며 물결무늬 펜스를 소개하는 사람의 긴장한 모습과 그 회의실의 어둡고 조용한 분위기를 말이다. 전혀 사실이 아님에 가까울 이 장면을 상상하고 나면 나는 그들에게 술 한잔을 사 주고 싶어진다.

어떤 날엔 고속도로에서 내 차와 똑같이 생긴 차 두 대를 동시에 만난 적이 있다. 같은 것들이 여러 개 놓여 있으면 왠지 귀여워 보이는 효과를 노리면서, 그날은 내 차와 똑같은 차 두 대를 양쪽에 놓고 그 가운데에 슬그머니 껴서 속도를 맞추며 30초 정도를 달렸다. 뒤에 있는 차들이 우릴 좀 귀여워하겠지 생각하면서.

그렇게 운전석에 앉은 나는 자연스레 관찰하는 사람이 되었다. 익숙하다고 생각했던 공간들도 운전석에 앉아서 바라보니 전혀 익숙한 공간이 아니었다. 전에는 안 보던 것들을 어쩔 수 없이 봐야 하는 일도 많아졌고, 그런 식으로 새롭게 보기 시작한 것들로부터 이야기를 얻어 내는 일이 재밌어졌다. 더불어 운전하는 행위로 많은 공간을 원하는 때에 원하는 속도와 방향으로 지나칠 수 있고 때로는 머물 수도 있다는 사실이 즐거웠다. 매일 자발적으로 차 안에 갇히기를 선택한 나의 능동성에 스스로 박수를 보냈다. 누군가 운전하는 나에게 "너 지금 어디냐"고 묻는다면 맥락상으로는 "나 지금 용산" 같은 대답을 하는 것이 맞겠지만 따지고 보면 사실 나는 차에 있다. 나는 계속

차 안에 있다. 그리고 나 대신 차가 움직인다. 이런 생각을 할 때마다 마치 하늘을 나는 집에서 창문을 통해 바깥을 내려다보는 기분이 된다. 나의 공간에서 바라보는 것이 아무리 낯설다 해도 안심할 수 있다. 어디를 가더라도 나는 여전히 안락한 나의 공간에 있기 때문이다. 그리고 그 안락함 덕에 나는 나로부터 멀어지는 것들에 대해서도 조금 덜 섭섭해진다. 나는 같은 곳에 있(다고 믿)지만 나를 제외한 모든 것은 언제나 나를 빠르게 지나쳐 갈 수 있다는 사실을 전보다 덤덤히 받아들일 수 있게 된다. 운전을 하면서, 라디오를 들으면서, 선글라스를 꼈다가 다시 머리 위에 올렸다가 하면서, 나는 이렇게 쓸데없이 많은 생각들과 함께한다. 많은 것들을 본다. 아직 울어 본 적은 없다.

차를 산 이래로 약 8개월간 나는 1만 킬로미터를 넘게 달렸다. 서울에서 뉴욕까지 갈 수 있는 거리다. 조수석 전문이었던 나는 이제 나의 새로운 조수들에게 그 자리를 내주고, 그들에게 음악을 틀 수 있는 권한을 주고, 내비게이션을 보면서, 동시에 안전하게 전방을 주시하면서, 그들의 이야기를 듣고 끄덕이고 때론 대답도 하면서, 그들이 최대한 멀미하지 않게 운전하려고 노력한다. 나의 공간을 전국 어디로든 이리저리 끌고 다닐 수 있음에 감사하며, 나와 함께하는 이들이 나의 공간에 실려 이동하는 동안 창밖으로 지나가는 것들을 편안하게 구경하기를 바란다. (어쩌면 전생에 나는 택시 기사였던 것이 아닐까…) 그리고 그들이 바깥을 내다보는 동안 나는 그들이 지금 편안한 상태인지를 계속해서 관찰한다. 휴게소는 어디쯤인지. 춥거나 덥지는 않은지. 배가 고픈지. 도착지까지 얼마나 남았는지를 일러 준다. 전방 주시를 잊지 않으면서. 안전거리를 유지하면서. 선글라스를 꼈다가 머리 위에 올렸다가 하면서.

싸움 67일째

20시간을 잤다. 세상에나 사람이 하루에 20시간을 잘 수 있다. 밤을 새워도 시간이 모자라는 기분이 들 정도로 바쁘게 일을 하던 시절에는 쉬는 날을 통째로 수면에 바치곤 했다. 그때도 어머 세상에나 사람이 20시간을 잘 수 있다, 생각하면서 실소하곤 했는데 그땐 나름대로 그런 나를 이해할 수 있었다. 사실 이해한다기보다 그냥 나를 불쌍해하면서 그래 더 자라 더 자 하는 달콤한 말을 속으로 뱉었을지도 모르겠다. 아무튼 당시 나는 실제로 매우 피로했기 때문에 20시간을 자도 괜찮았다. 하지만 어제는 얘기가 다르다. 그렇게 피로한 일도 없었는데 20시간이나 잔 것은 내가 나를 한심해할 만한 이유가 된다. 아닌가. 자도 되나. 다시 한번 생각해 봐 정말 너 백수 주제에 지금 20시간씩 자도 된다고 생각하니. 모르겠다. 20시간이나 자면 심장에 무리가 간다는 의학적 사실만큼은 알고 있다.

　　심장에 무리가 간다는 사실보다 무서운 건 내가 나를 한심해한다는 사실이다. 나는 잠을 자고 있는 와중에도 이렇게나 자고 있는 나를 한심해하기 때문에 그 한심한 상황을 회피하기 위해서 다시 꿈으로 도망가고 그렇게 더욱더 많이 잔다. 오래 자다가 일어나서 밥을 챙겨 먹는답시고 젓가락질을 하고 있는 나를 메타적으로 바라보며 또 한심해한다. 한심 루틴은 무엇보다 중독적이다. 아무것도 안 했기 때문에 하루 동안 아무 일도 일어나지 않는다. 아무 일도 일어나지 않는 하루를 보내도 아무도 뭐라 하는 사람이 없고 실제로 아무 일도 일어나지 않기 때문에 나는 또 자고 또 한심해하기를 반복한다. 진짜 열받는 일이다. 너무 열받아서 나는 또다시 잔다.

요즘 이렇게 한심한 나와 매일 싸운다. 전에 누군가가 식물을 키워 볼 것을 추천한 적이 있었는데 그 말을 듣자마자 나도 모르게 "아 저는 저 키우기도 바빠서요"라고 답했다. 상대방은 웃으면서 그 농담이 마음에 든다고 자기가 어디 가서 써먹어도 되겠냐고 허락을 구했고, 나도 웃으며 그러시라고 했지만 사실 그건 농담이 아니었다. 식물이든 동물이든 반려 어쩌고를 키우기에 나는 역부족이다. 나를 키우는 것만으로도 너무 힘들어서 죽겠다. 우리 엄마가 나를 키운 것과는 다른 얘기다. 나는 다른 사람 말은 잘 듣지만 내 말은 더럽게 안 듣고 지 하고 싶은 대로만 하기 때문에 내가 나를 직접 키우는 것이 훨씬 힘든 일일 것이다.

확실히 회사 밖으로 나오면서부터 한심한 나와의 싸움이 더 큰 싸움으로 번졌다. 아무래도 갑자기 의무를 잃어버린 탓 같다. 어딘가에 소속된 시절에는 당연하게 해야 하는 의무가 있었다. 매일 아침 통퉁 부은 얼굴로 죽상을 하면서도 학교에 간다거나 종일 수십 번씩 시계만 보면서도 퇴근 시간까지 회사에서 자리를 지키는 일처럼. 진짜 하기 싫어 죽겠어서 먹은 밥이 다 소화될 만큼 한숨을 뱉다가도 어쩌겠냐 그래도 해야지 하는 마음으로 마무리하게 만드는 의무감. 소속인으로서의 그 의무감이 내 머리채를 잡고 이끌어 준 덕분에 대부분의 인생을 어쩔 수 없이 부지런하게 살았던 것이다. 소속인이 아니었던 적이 없었기 때문에 나는 내가 실로 부지런한 사람이라고 여태 오해를 해 버렸다. 마감 기한이라는 것을 안 지킨 적이 없이 살았다. 그렇게 살던 때에는 인터넷에 돌아다니는 '어떻게든 해내는 여성들 모음'이라는 영상을 좋아했다. 짧은 영상에 등장하는 연예인 모두가 하기 싫은 일이나 도전 같은 일 앞에서 한숨을 쉬다가 "그래도 해야지 뭐 어떡해" 하는 말을 뱉으면서 각자 해야 하는 일들을 멋지게 해낸다.

　　과연 할 수 있을까 싶은 일들이 닥쳐와서 몸도 마음도 바쁠 때면 친구와 그 영상을 공유하면서 나는 어떻게든 해내는 여성 멤버이니 너도 어떻게든 해내라 하며 웃기지도 않게 격려하고, 정말 어떻게든 잘 해냈다. 지금도 "그래도 해야지 어떡해"라는 말은 매일 한다. 말만 하고 결국 아무것도 안 하고 괴로워하는 것이 문제다.

그렇다고 해서 이 상황에 매우 절망하고 있다거나 현재 내 삶에 대해 비관적이라거나 혹은 내가 너무 싫다거나 뭐 그 정도까지는 아닌 것 같지만 확실히 남의 말은 잘 들으면서 내 말은 안 듣는 나에게 조금 실망하기는 했다. 아무것도 안 하고 싶은 욕구가 강한데 동시에 무언갈 반드시 해야겠다는 욕구도 있어서, 그렇게 스트레스만 받다가 시간이 흐르면 자꾸 아무것도 안 한 상태가 된다. 어제는 한 뇌과학자가 "욕구를 이기는 것은 반복뿐입니다"라고 말하는 영상을 시청했다. 그렇지. 욕구를 이기는 것은 반복. 반복된 행동은 습관을 만들지. 그리고 좋은 습관은 모든 것을 해결해 줄지도 모른다. 하지만 반복하기 위한 욕구는 어디서 옵니까. 이 모든 것이 반복을 못하고 있어서 벌어지는 일인데요. 매일 같은 시간에 일어나 운동을 하고 씻고 아침을 먹고 아무도 시킨 적 없지만 스스로 해야 한다고 생각하는 일들을 하고 또 잘 놀고 잘 먹고 제시간에 잘 자고 또 잘 일어나고. 이 간단한 일이 너무나도 어렵다. '욕구를 이기는 법' '미라클 모닝으로 인생을 바꾸는 법' '도파민 중독에서 벗어나는 법' 같은 썸네일의 영상을 볼 때마다 딴지를 걸고 싶을 정도로 예민해졌다. 나는 괜찮은 것일까. 피곤하지도 않으면서 20시간이나 자는 것은 확실히 괜찮지 않은 일 같다.

2023년 3월 28일의 메모
나의 희망은 나다. 나는 나를 구한다.

어디선가 본 문장을 적어 둔 모양인데 나의 희망이 나라는 말은 좀 부담스럽고 내가 나를 구한다는 건 어느 정도 받아들일 수 있을 것 같다. 나는 확실히 남을 구하는 것에 재능이 있는 편이다. 해결사 노릇이 적성에 맞는다. 그렇다면 나를 구할 수도 있지 않을까. 간단한 논리다. 하지만 이 간단한 일이 참 어렵다. 이렇게 어렵다면 그것은 간단한 일이 아닌 것이 되는 것이 아닌가. 부정에 부정을 거듭하며 나는 나에 대해서 너무 많이 생각한다. 누군가를 구할 때는 서슴없어야 한다. 망설이면 골든 타임을 놓친다. 사람들은 '그냥 해!'라는 말을 많이 한다. 하면 된다. 하지만. 그게 그렇게 간단한 일이라면 좋겠지만. 나는 모든 것에 대해 너무 많이 생각한다. 그래서 나에게는 어쩔 수 없이 그냥 해야만 하는 상황이 필요한 걸지 모르겠다. 이전의 나는 어쩔 수 없이 나를 많이 구했다. 지금도 구할 수 있을지 모른다. 어떻게 구할지를 생각하기 전에 일단 목덜미를 잡고 끄집어내야 한다. 그래야만 구할 수 있다.

오늘로 67일째 나와 진지하게 싸우고 있다. 말을 너무 안 듣는 피곤한 스타일의 나. 갑작스러운 의

무감 상실로 갈피를 잃은 듯하니 작은 의무들을 스스로에게 부여하는 것으로 원만히 해결해 보려는 중인데 아직은 내가 직접 부여한 의무가 의무처럼 느껴지지 않는 날이 많은 듯하다. 하지만 이 싸움이 장기전으로 돌입하기 전에 그만 싸우고 싶다는 생각을 하면서 계속 싸워 보는 중이다. 잠을 적당히 자는 것으로 시작해 무엇이든 회피하지 않기를 다짐하면서 일단 조금씩 움직여 보는 중이다. 다시 어떻게든 해내는 여성 멤버가 되기 위해서. 쉽게 끝날 싸움은 아닐 테고 지금도 그 끝이 요원하지만 무승부로 끝나는 일은 없게 할 것이다. 어떻게든 결판을 낼 생각이다. 그런데 애초에 싸우는 일이 가능하긴 한 걸까? 나는 사실 싸움을 별로 좋아하지 않는다. 그냥 좋게 좋게. 너무 열받아하지 않으면서 상대를 적당히 이해(하는 척)해 보면서 마치 대인배인 것처럼. 감정을 대면하지 않고 요리조리 피하면서. 맞아. 그렇게 넘어갔기 때문에 지금 이 싸움에 젬병인 걸지도 모른다. 싸우는 법부터 배우는 것이 맞을지도 모른다.

낮에 친구와 커피를 마시다가 저 멀리 골목에서 틱톡 챌린지 같은 것을 촬영하는 학생들을 봤다. 요즘 들어 자주 목격하는 일인데도 영 익숙해지지 않는다. 지켜보던 친구는 커피 한 모금을 크게 들이켜더니 말했다. 야. 뻔뻔한 애들이 결국 성공한다. 우리도 좀 뻔뻔해져야 해. 요즘은 다 기세야. 영상을 찍던 누군가 실수를 했는지 골목에는 깔깔 웃는 소리가 쩌렁쩌렁 울렸다. 맞아. 말하고는 친구와 같이 웃었다. 모든 것은 기세다. 요즘은 이 말이 가장 간단하게 들린다. 뻔뻔하게. 용감하게. 기세 좋게. 나로서는 '그냥 하는' 방법을 잘 모르겠어서 그보다는 기세 좋아지게 하는 방법을 찾는 게 훨씬 승산 있어 보인다. 좋아. 모든 것은 기세다. 싸움도 기세다. 나와 싸우기 위해서 나는 밥을 잘 먹어야 한다. 체력을 키워야 한다. 황새처럼 걸어야 한다. 잘 웃고, 크게 대답해야 한다. 그러다 내 눈에도 남의 눈에도 나의 기세가 보일 때. 그때쯤이면 아마 싸움이 끝날 것이다.

싸움 68일째. 일찍 일어났다. 7시간 정도를 잤고, 일어나 커피를 마셨고, 책상 앞에 앉았다. 아무도 시키지 않았지만 스스로 해야 한다고 생각하는 일을 아주 조금 했다. 이것으로 오늘은 일단 잘 싸웠다. 아마 내일도 잘 싸울 것이다. 모레까지는 모르겠지만 아무튼 오늘 잘 싸운 것으로 됐다. 나는 원래 싸움을 좋아하지 않는 사람이기 때문에 적어도 싸우겠다는 생각을 한 것으로 됐다. 이 정도면 훌륭하다. 내일은 밖으로 나가 황새처럼 걸어 볼 것이다. 아니 황새처럼이 아니어도 괜찮다. 그냥 어디라도 나가 걸으면서 나를 한심해하지 않기로 한다. 이 정도면 훌륭하다.

시점 바꾸기

전시를 보러 간다. 그림을 보고, 사진을 보고, 내 키보다 열 배는 큰 조형물을 보기도 하고, 천년만 년 된 도자도 보고, 오십 년 전에 누가 썼다는 낙서도 본다. 적어도 일 년에 열 번 이상은 전시를 보러 간다. 일 년에 열 번 이상 전시를 본다면 나는 전시 보는 것을 좋아하는 사람일까. 잘 모르겠다. 수많은 전시 중에 보고 싶은 것을 골라 예매하고 날짜가 다가오면 친구들과 전시장에 간다. 입구에서 팸플릿을 챙기고, 화살표를 따라 걸어 들어간다. 그렇게 전시장에 들어서면 항상 같은 생각을 한다. 높은 천장과 맞닿은 벽에 걸린 첫 번째 그림 앞에 우두커니 서서, 예나 지금이나 똑같은 생각을 한다. 그림을 본다는 것은 뭘까. 도대체 그림은 어떻게 보는 걸까. 이걸 어떻게 봐야 본다고 할 수 있는 것일까.

흐린 눈을 하고 오래 서서 본다. 고개를 여러 각도로 돌려 보기도 한다. 그림이든 사진이든 조형이든. 작품을 관람하는 방법에 대해서 생각하느라 정작 작품에 대한 생각은 별로 하지 못하는 경우가 많았다. 작품의 한구석을, 혹은 가운데를, 제목을 번갈아서 보지만 계속해서 같은 생각이 든다. 그림을 본다는 것은 뭘까. 펼쳐 놓은 책에서 같은 줄을 세 번씩 읽고 있는 느낌이 든다. 이걸 어떻게 봐야 본다고 할 수 있는 것일까. '그림 볼 줄 아는 눈'에서 그 눈은 어딜 쳐다보고 있는 걸까. 나는 그림 볼 줄 아는 눈이 없어서 그림을 못 보는 것일까. 저 작품을 만든 작가에 대해서, 작가의 삶에 대해서, 작가의 화풍이 굳어진 역사에 대해서, 작품이 진가를 인정받지 못했던 그 시대에 대해서, 미술사적 배경에 대해서. 그것들을 다 알게 된다면 나는 그림 볼 줄 아는 눈을 가질 수 있을까. 그림을 어떻게 보는 것인지를 고민하는 것만으로 나는 이미 틀려먹은 것일까.

지난주에도 어느 작가의 그림을 보러 가서. 어떤 그림 앞에 한참을 서서. 오랫동안 생각했다. 이 그림을 보는 법에 대해서. 이 그림이 좋은지 안 좋은지에 대해서. 좋다는 것이 무엇인지에 대해서. 내가 정말 전시 보는 것을 좋아하는지 아니면 전시를 관람하고 있는 내 모습을 좋아하는 것인지에 대해서. 이 그림 앞에 서 있는 나를 떠올려 보면서. 그리고 내 옆으로 지나가는 사람들의 눈을 따라가 보려고 노력하면서. 모두 분명하게 다른 눈을 가졌을 것이다. 그 각자의 눈들이 향하는 곳과 나의 눈이 향하는 곳은 어떻게 다를까. 나는 나를 제외한 다른 눈들이 보고 있는 것에 대해서 상상해 본다.

*

대학 시절에는 일산에서 서울로 통학을 했다. 4년이 넘는 시간 동안 일주일에 최소 3일, 하루 중 4시간을 지하철에서 보냈다. 적응하는 초반 6개월간은 대부분 앉아서 졸거나 자리가 없으면 서서도 졸았다. 하지만 어느샌가 잠도 안 오고 당시엔 스마트폰 같은 게 없어서 뭔가 할 일을 찾아내야 했다. 나는 책을 보거나 멍하게 앉아서 자주 사람 구경을 했다. 옆 사람 어깨에 머리가 닿을락 말락 하는 사람, 음악을 들으며 허공을 응시하는 사람, 영단어를 외우는 사람, 신문을 작게 펼쳐 든 사람, 두리번대는 나와 눈이 마주친 사람. 스마트폰 없던 시절의 등굣길에는 그렇게 사람들을 구경하는 낭만이 있었다.

　　그러던 어느 날 코앞에서 지하철을 놓친 사람을 봤다. 매정하게 문을 닫고 출발하는 지하철을 보며 당황스럽고 허탈한 표정으로 숨을 고르는 사람과 창 너머로 눈이 마주쳤다. 저절로 그 사람의 눈이 보고 있을 장면이 떠올랐다. 지하철은 바람을 일으키며 빠르게 사라지고, 곧바로 모습을 드러내는 건너편 플랫폼의 정적까지. 그날 이후로 나는 지하철에서, 거리에서, 사람 구경을 할 수 있는 어떤 곳에서든 다른 사람의 눈이 되어 보는 상상을 하기 시작했다. 카페에 가면 주변 사람의 위치를 확인하곤 그 사람에게 내가 앉아 있는 쪽이 어떻게 보일는지, 그 사람의 시선에서 보일 테이블 상판의 옆면과 의자의 뒷면과 물컵의 위치 같은 것을 세세하게 상상했다.

몇 년이 지나 영상 콘텐츠 속 주인공의 공간을 구성하고 만들어 내는 일을 하면서 나는 내가 그 오랜 습관을 되풀이하고 있다는 사실을 알게 됐다. 다른 사람들의 눈이 되어 보곤 했던 취미 덕에 주인공의 눈이 되어 그의 공간을 상상하는 일이 어색하지 않았다. 앉아 있는 주인공 뒤편에 자리 할 가구의 생김새도, 소파와 선반과 선반에 올려질 컵의 색깔과 위치에 대해서도. 머릿속에 있는 공간을 따라 이동하며 계속해서 상상했다. 어쩌면 나는 필연적으로 다른 사람의 시선을 빌려야 했던 것일지도 모른다. 그리고 아마도 나만이 볼 수 있는 것을 다른 이들과 공유하고 싶어서 이 일을 하고 있는 것이 아닌가 하는 생각이 들었다.

*

촬영이 끝나고 밤샘 편집과 디자인 작업을 거듭하던 시절에 우리 팀은 '엉덩이는 배신하지 않는다'라는 말로 서로를 독려했다. 내가 집중력을 잃고 자리에서 들썩이기라도 하면 누군가 옆에서 외쳤다. 엉덩이는 배신하지 않는다! 그럼 나는 하… 엉덩이는 배신하지 않는다! 하고 더 큰 소리로 외치며 다시 마음을 다

잡고 앉았다. 그렇게 의자에 엉덩이를 오래오래 붙이고 끈질기게 작업을 해냈다.

친구 강희은과 함께 카페에 갔다가 이 얘기를 해 줬다. 엉덩이? 이상하고 귀여운 그림을 그리는 강희은은 아무렇지 않은 표정으로 중얼대며 공책에 조용히 낙서를 했다. '의자는 행복할까요?' 그러곤 끄적끄적. 우리의 엉덩이에 깔린 의자의 괴로움을 그림으로 그려 낸다. '이야아앙… 아니…'라는 말과 함께. 어떻게 이런 생각을 하면서 사는 건지 기가 차고 웃겨서 가끔 놀라기도 한다. 그저 오래오래 엉덩이를 붙이고 일했다는 얘기를 하고 싶었을 뿐이었는데 강희은 덕에 의자의 괴로움을, 의자의 시선을 배운다.

좋아하는 작가이자 영화감독인 찰리 카우프만은 여러 시점이 혼재하는 모호한 구성의 작품을 자주 쓴다. 심지어 의식의 시점과 무의식의 시점 사이에도 언제나 경계가 없어서, 영화는 프레임 안과 밖을 자유롭게 넘나들며 사람을 참 헷갈리게 만든다. 〈존 말코비치 되기〉나 〈이터널 선샤인〉 같은 유명한 작품도 그렇지만 최신작인 〈이제 그만 끝낼까 해〉에서는 궁극의 시점 뭉개기로 도무지 바로 이해하기 어려운 장면들을 연출한다. 누가, 언제, 어디서, 무엇을, 어떻게, 왜 끝내려고 하는지 육하원칙이 완전히 무너진 장면이 반복되면서 나는 더 이상 카메라가 비추는 시선이 누구의 것인지 알 수 없는 지경이 된다. 시점이 뭉개진 영화는 기괴하고 혼란스럽다. 누구의 것도 아닌 시선으로만 목격할 수 있는 진실들이 때때로 적나라하게 드러나기도 한다. 찰리 카우프만은 언제나 이렇게 하나의 시점으로는 말할 수 없는 불편한 감정이나 생각 같은 것을 여러 시점으로 고백하는 방법을 택한다. 이것도 나일 수 있고 저것도 나일 수 있다는 식으로 말이다.

*

지구 밖에서 우리는 얼마나 작아 보일까,라는 상상을 하는 것으로 우리는 가끔 괜찮아진다. 우주의 시점에서는 그저 먼지인 우리 각자의 발버둥을 토닥이면서. 큰 이불 속에 누워 있는 듯한 위안을 느끼면서. 그래서 나는 치열함 속에 놓일 때마다 우주의 시점으로 바라보기를 택한다. 공중에서 가볍게 세 바퀴를 돌아 내는, 먼지처럼 자유로운 나를 떠올리면서.

2015년에는 알래스카에 갔다. 영하 45도의 날씨에 산 중턱에 올라 난생처음으로 오로라를 봤다. 하늘에서 우아하게 헤엄치는 오로라를 만난 일은 말로 설명이 안 된다. 누군가 나에게 오로라를 본 경험에 대해 물으면 나는 늘 내가 찍은 오로라 사진을 보여 주고 간단히 한마디를 덧붙이는 것으로 설명을 대신한다. "진짜 개멋있어" 문자로 오로라 사진을 전송한다. 친구 최덕길이 답장을 보낸다. "죽인다" 나는 사진 몇 장을 더 전송하며 말한다. "아름답지?" 그러자 최덕길이 답한다. "그러네. 근데 오로라 입장에서도 너네 내려다보는 거 나쁘지 않았을걸. 아름다웠을걸"

시점을 바꾸어 보는 일을 계속하고 싶다. 무엇보다 재밌어서 계속하고 싶다. 거기엔 언제나 새로운 발견이 있고 놀라움이 있고, 무언가를 다시 생각해 볼 수 있는 기회가 있다. 공짜로 시점을 빌려주는 사람들이 곁에 있다는 건 감사한 일이다. 내가 볼 수 없는 걸 전해 주는 사람들에게 무한한 감사를 보낸다. 나도 누군가에게 그런 사람이기를 바라면서.

*

아무튼 그래서 나는 지난주에 어느 작가의 전시를 보러 가서, 어떤 그림 앞에 한참 서서, 오랫동안 그림을 보는 법에 대해서 생각했다. 작품의 한구석을, 혹은 가운데를, 제목을 번갈아서 본다. 그림을 본다는 것은 뭘까. 그림을 볼 줄 아는 눈은 어딜 쳐다보고 있는 걸까. 여느 때처럼 생각이 도돌이표를 따라 맴돌다가 문득 이 작가의 눈이 한번 되어 보기로 했다. 처음

해 보는 일이었다. 왜 여태 이 생각을 못 했을까. 나는 작게 숨을 내쉬고 다시 그림 앞에 제대로 서서 빈 캔버스 앞에 서 있는 작가의 시점을 빌린다. 그의 작업실에 작게 나 있는 창문을 상상하고, 창문 앞에 놓인 도구들을 상상하고, 물감으로 여기저기 물든 작업실 바닥을 상상하고, 작은 테이블 위에 놓인 먹다 남은 음식들을 본다. 그리고 그의 붓이 천천히 움직이는 모습을 상상한다. 사진으로만 본 작가의 생김새가, 그의 마른 체형이, 골똘한 표정이 그제야 그려진다. 왜 여태 이 생각을 못 해 봤을까. 작가의 시선을 상상하는 것만으로 나는 그의 그림을 이해할 수 있을 것 같다.

*

　　신호가 없는 횡단보도 앞에 정차한다. 내 차가 멈추기를 기다렸다가 서둘러 길을 건너는 사람들을 본다. 어떤 사람은 나에게 꾸벅 감사의 눈인사를 건넨다. 운전석에 앉은 나도 꾸벅 인사를 한다. 신호가 없는 횡단보도에 서서 차가 멈추기를 기다리는 사람들을 볼 때면 나는 내가 운전자이면서 보행자이기도 한 사실을 떠올린다. 차가 멈추기를 바랐던 보행자일 때의 마음을 떠올리면 언제라도 차를 멈추고 사람들이 건너는 것을 기다릴 수 있게 된다. 기다리는 시간 동안 누군가와 인사를 주고받으며 생각한다. 나도 저 사람도 괜찮은 하루이기를.

시점을 바꾸는 것으로 세상 대부분의 일들을 잘 견뎌 낼 수 있기를 바라면서. 볼 수 없는 것을 보는 눈을 하나 더 갖게 되길 바라면서. 이해할 수 있는 것이 많아지기를 바라면서. 나는 오늘도 좋은 시점을 만나기를 바란다.

의자는
행복할까요?

이아아악.

아니..

사랑하는 일

어떤 이들은 영화를 너무 사랑해서 매일 영화 몇 편을 본다. 친구 이승민은 영화를 사랑해서 서울아트시네마에 자주 갔다. 그곳에서 러닝타임이 다섯 시간이 넘는 하마구치 류스케의 〈해피 아워〉 같은 영화를 거뜬히 보고 남들이 잘 모르는 영화도 기어코 찾아봤다. 그리고 그곳에서 본인처럼 영화를 너무나 사랑하는 사람들을 자주 목격한다고 했다. 그들은 눈빛만으로 영화광인 서로를 확인하고 각자의 좌석에 흩어져 앉아 영화를 본다. 몇 번씩이나 마주치지만 절대 서로 인사를 나누지는 않고 그저 속으로 저 사람도 나만큼이나 지독하게 영화를 사랑하는구나 생각한다. 함께 일하던 어느 촬영 현장에서 이승민은 나에게 다가와 조용히 귓속말을 했다. 언니 있잖아 제작팀 머리 긴 남자분. 내가 서울아트시네마에서 맨날 마주치는 사람이야. 영화광을 일컫는 시네필cinephile이라는 단어의 매끈함이 왠지 이승민과 어울리지 않는 것 같아서 나는 그를 신해필이라고 부른다.

친구 곽용인은 갑자기 도자기를 만들고 싶다며 회사를 때려치우고 강원도 고성으로 갔다. 도자기를 만들면서도 돈 버는 방법을 찾고 싶어서 고성의 오래된 집을 구해 혼자 다 뜯어고쳤다. 그러고는 카페를 차렸다. 곽용인은 거대한 체구를 그 집 한편의 작은 창고 방에 구겨 넣고, 한동안 거기서 자고 생활하며 건실하게 커피를 내렸다. 나를 포함한 친구들은 당시 곽용인의 무모한 결정을 응원하면서도 은근히 걱정했다. 하지만 지금 곽용인은 보란 듯이 잘 산다. 카페도 잘됐고 그 덕에 본인을 닮은 아름답고 우직한 도자기를 원 없이 만들며 산다. 이게 다 도자기를 사랑해서 벌어진 일이다.

가장 친한 친구 이슬로는 그림을 그린다. 누가 봐도 본인과 똑같이 생긴 캐릭터를 그리고, 본인 성향처럼 엔트로피가 높고 귀여운 그림들을 스케치도 없이 캔버스에 꽉꽉 채워 그려 낸다. 이슬로는 어렸을 적에도 집에서 그림만 그렸고, 그림을 그려서 대학에 갔고, 그림을 그려서 돈을 벌고 잘 먹고 잘 산다. 잠시 쉬어 가겠다고 선언한 시절에도 시골에 들어가 그림만 그렸고, 최근엔 그림을 너무 쉼 없이 그린 탓에 그리기를 잠깐 참아 보겠다고도 했다. 참아 보겠다는 마음이 들 정도로 그림을 그리고 싶은 마음은 대체 뭘까. 나는 이슬로가 본인이 그린 그림을 그토록 사랑하는 것이 가끔 신기하다.

본인을 핸드메이더라고 부르는 정성현은 직접 뭔가 만들어 내지 않으면 미쳐 버릴 것 같다고 자주 말한다. 금 같은 손을 매일매일 움직이면서 상하의부터 시작해 벨트나 가방처럼 본인 몸에 걸치는 것은 죄다 직접 만들어 낸다. 무언가 만드는 일을 너무 사랑해서 자신이 만들 수 있는 것은 죽을 때까지 다 만들어 볼 계획이라며 언제나 단단한 목소리로 말한다. 나는 60~70년대에 활동했던 깡마르고 얼굴선이 날카로운 남성 작가들의 사진을 볼 때마다 정성현을 떠올린다. 성현이도 꼭 저렇게 될 것 같아, 하면서 사랑하는 일에 푹 빠져 사는 장인의 눈빛을 떠올린다.

고등학교 친구 김별은 고양이 세 마리를 키운다. 온갖 알레르기로 맨날 눈물 콧물을 흘리면서도 그걸 다 참아 내고 구태여 약을 먹으며 똘망똘망한 고양이들과 함께 산다. 그러고 보니 김별은 어린 시절 강아지를 키웠고 그때도 매일 강아지를 껴안으며 눈물 콧물을 질질 흘렸다. 강아지를 만지고 눈을 비비는 바람에 눈이 시뻘게졌는데도 김별은 언제나 그 고통을 참으며 말했다. 괜찮아. (코가 꽉 막힌 사운드로) 귀여워서 어쩔 수 없어. (훌쩍)

내가 생각하는 사랑은 대개 이런 식이다. 너무 사랑해서 질리지 않고 너무 사랑하기 때문에 참을 수 있다거나 혹은 참을 수 없다거나. 너무 사랑해서 용기낼 수 있고 그래서 무모해지거나. 언제나 곁에 있어서 나를 움직이게 하는 것. 이것이 내가 생각하는 사랑이다.

그래서 나는 쉽게 사랑하지 못한다. 사랑이 어

렵다. 내가 생각하는 사랑의 기준이 너무 높은 걸지도 모른다. 사랑하는 마음이라면 응당 이래야 한다고 여기는 기준이 너무 높고 아득해서 사랑하는 일이 어려운지도 모른다. 게다가 사랑하는 일은 고되다. 나는 가끔 사랑이 눈앞에 잡힐 것만 같을 때에 특히 많은 에너지를 한꺼번에 써 버린다. 그에 비해 내 배터리 용량은 터무니없이 작아서 사랑하는 일을 오래오래 끌어가는 것은 거의 불가한 일처럼 느껴진다. 사랑하는 일은 하여간 힘들고 벅차다. 그럼에도 사는 동안 잠깐이나마 진정으로 사랑한 것이 있었더라면 그것은 정말 기적에 가까운 일이었음을.

아직 내가 사랑하는 것의 실체를 명확히 본 적이 없다고 느낀다. 어딘가 분명 있어서 언젠가는 나를 움직이게 한 적도 있는 것 같은데 그게 무엇인지 잘 모르겠다. 진정으로 사랑하는 것의 생김새를 머릿속에 그려 낼 수 없어서 애를 먹는다. 좋아하는 작가 비비언 고닉의 친구 레너드는 말한다. 평생 본인 옆구리를 찌르는 가시만 생각하느라 자기가 뭘 원하는지 생각해 보지 못했다고. 가시가 빠지고 나면 금세 또 다른 가시가 파고들어 그 가시에서 벗어날 생각밖에는 못 했다고 말이다. 나는 옆구리를 찌르는 가시를 손으로 붙들고 한참을 생각하는 쪽이다. 이 가시가 대체 어디서 온 것인지에 대해서. 이 커다란 가시를 뽑고 다음 가시를 맞이할 준비가 되었는지에 대해서. 그러다 내가 뭘 사랑하는지 고민해 볼 시간을 뺏긴다. 나는 이런 식으로 자주 실패했다. 무언가를 열성적으로 사랑하는 사람들을, 내가 생각하는 사랑의 기준에 부합하는 사랑을 하며 살아가는 사람들을 부러워하면서. 나는 왜 저렇게 사랑하지 못하는지. 사랑의 존재를 의심하고 사랑하는 일의 힘듦에 대해서 떠올렸다.

사랑이 어려운 까닭으로 한때는 누군가를 위로하는 일도 잘 못했다. 죽도록 사랑하고 기대하는 바람에 얻은 상처나 실망에 대해서. 뭐 조금 이해는 할 수 있어도 진정으로 알지 못하니 당연히 위로하지도 못했다. 사랑의 기준이 높아서 표현도 아꼈다. 정말 사랑할 때 제대로 쓰기 위해서 모든 것을 아꼈다. 아낀다는 핑계로 아무것도 사랑할 생각이 없었는지도 모른다. 정말 사랑한다는 게 뭔지도 모르면서 언젠가 그렇게 사랑할 수 있는 날이 내게 오기를 바랐다. 정신 나간 사랑 같은 것을 나도 할 수 있기를 오랜 시간 바랐다.

먼 곳에 있는 것만 같은 사랑을 좇고 종종 자책하다가 포기에 가까워질 때쯤 기적처럼 알게 된 것이 있다. 바로 포옹이다. 사랑하는 법 대신 포옹하는 법을 알려 준 것은 첫 회사의 동료들이었다. 마케팅 요정이라 불러 달라고 해서 '마요'가 된 그들은 출근길에 마주치면 반가운 표정으로 팔을 활짝 벌려 포옹을 건넸다. 요정으로서의 본분을 다하듯 서로가 서로에게 쪼르르 날아가 자주 안아 주고 격려했다. 포옹이란 이토록 간단했다. 많이 표현하지 않아도, 크게 마음 쓰지 않아도 할 수 있는 거구나. 그 사실이 신기했다. 반드시 사랑이 있어야만, 사랑을 할 줄 알아야만, 사랑할 수 있는 건 아니었다. 보이지 않던 문이 어느 날 갑자기 열려 버린 기분이었다. 포옹이라는 행위를 하며 살아갈 수 있다는 자체로 기뻤다. 그리고 매일의 포옹으로 조금씩 사랑을 나눠 쓰는 법을 알아 갔다. 세 번의 포옹이 더해지면 하나의 사랑 정도는 될 수 있지 않을까. 남들이 건네준 포옹에 답하며 나만의 사랑하는 방식을 익혀 갔다. 이제는 종종 포옹 같은 표현을 섞어서 좋아하는 사람들에게 편지를 쓴다.

　　남들 같은 사랑을 바라던 시절의 내가 가장 바랐던 건 사실 나를 사랑하는 일이었을 거다. 사랑의 기준이 그토록 높다 보니 나 자신을 사랑이라 여길 수 있을 정도로 사랑하는 일이 어려웠다. 나를 사랑해야 해! 나를 가여워하고 보살펴야 해! 그래야 다른 사람도 사랑할 수 있어! 이런 생각들을 부여잡고 오랜 세월을 보냈다. 이제는 굳이 뭐 사랑까진 아니어도 돼, 하고 생각한다. 힘껏 쥐고 있던 주먹이 스르르 풀린 것처럼 후련해졌다. 필사적인 마음이 아닐지라도 딱 포옹만큼의 모습을 한 사랑이 내게도 있음을 이제는 알 것 같다. 나는 새로운 것들과 포옹하는 방식으로, 나만의 조그마한 형태의 사랑으로, 아직은 너무 높은 곳에 있는 사랑을 대체하며 살아갈 것이다. 포옹은 언제나 어느 곳에나 있으니 그것을 그리워하는 마음으로 지내다 보면 계속해서 새로운 포옹을 만나게 되겠지. 세 번의 포옹이 더해지면 하나의 사랑 정도는 될 수 있겠지. 다시 한번 공식처럼 되뇌어 본다.

　　하루가 여느 때보다 생생하게 기억나는 밤이다. 너는 참 용감하다. 대단하다. 멋지다. 빈말 아니야 진짜야. 나 빈말 잘 못해. 정말이야. 내가 할 수 있는 최대한의 포옹 같은 말들을 건네고 돌아오는 길이다. 매일 건강하고 자주 행복하자. 편지를 쓸 때마다 마침표처럼 적던 문장도 문득 떠올랐다. 애쓰지 않아도 자주 할 수 있는 포옹 같은 사랑과 행복에 대해서 생각했다.

사라져도 괜찮은

비 오는 날이면 집에 틀어박혀서 습관처럼 보던 영화가 있다. 2000년에 개봉한 〈시월애〉다. 영화의 만듦새나 이야기의 재미, 배우의 연기 같은 요소를 떠나 이 영화가 가진 분위기와 에너지가 나와 잘 맞아서 지금도 이 영화를 자주 찾아본다. 게다가 러닝타임도 94분이라 100분 이내의 영화를 좋아하는 내게 완벽하다. 족히 서른 번은 넘게 봤기 때문에 대사를 다 외운 것은 물론이고, 김현철이 부른 OST가 나오는 타이밍을 정확히 맞출 수도 있다.

영화에는 서울 사투리를 쓰는 앳된 얼굴의 전지현과 대학 농구부 선배 재질의 이정재가 나온다. 그들이 10월에 만나 사랑을 하는 것은 아니고, 시간을 초월한 사랑을 한다. 그래서 시월애(時越愛)다. 1997년에 사는 이정재가 바닷가에 새로 지어진 집에 이사를 한다. 그리고 그 집 우체통에서 1999년에 살고 있는 전지현이 보낸 편지를 발견한다. "전 당신이 이사 오기 전 이 집에 살던 사람이에요." 어? 이상하다, 이 집의 첫 주인은 난데? 여기에 누가 살았을 리 없다고 생각한 이정재는 망설이다가 결국 답장을 쓴다. "편지를 잘못 보내신 것 같습니다." 둘의 이야기는 이렇게 시작된다. 그들 사이 벌어져 있는 2년이라는 시간의 간극을 줄여 주는 신비로운 우체통을 매개로 둘은 계속해서 편지를 주고받고, 사랑에 빠진다.

영화는 먼바다 가운데서 시작된다. 카메라는 뿌연 해무를 지나 수면을 따라가다가 천천히 해변의 집 한 채를 비춘다. 1997년의 이정재가, 1999년의 전지현이 살았던 바닷가 집 '일 마레(이탈리아어로 바다)'다. 바다 위, 가느다란 기둥 몇 개에 의지하여 서 있는 그 집은 언뜻 위태롭고 외로워 보이지만 그렇기 때문에 꼿꼿하게 아름답다. 이정재는 집의 뒷문으로 나와 썰물에 드러난 나무 계단으로 툭툭 걸어 내려온다. 그러곤 바닷바람에 맞서 멋지게 담배를 태우거나 갯벌에서 진흙을 튀기며 혼자 공을 차고 놀기도 한다. 전지현은 그 계단에 털썩 주저앉아 과거에 사는 이정재가 보낸 편지를 읽으며 조용히 웃는다. 나는 영화를 볼 때마다 언젠가 일 마레 같은 집에 살고 싶다고 생각했다. 차갑고 세찬 기운을 견디며 홀로 차분히 서 있는, 위태롭지만 고요한 자태가 아름다운 집.

어느 날은 영화를 보다가 그 집에 가 보고 싶다는 생각이 들었다. 현관에서 이어져 나오는 나무로 된 통로에 또각또각 부딪히는 이정재의 구두 소리가 그날따라 유독 좋았다. 2008년 여름이었고 태풍으로 비가 많이 왔다. 시월애 촬영지를 검색하며 그 집이 그곳에 그대로 있기를, 그래서 내 눈으로 직접 볼 수 있기를 바랐다. 일 마레는 인천 석모도의 한 선착장 근처에 있다고 했다. 아니 거기에 있었지만, 지금은 없다고 했다. 안타깝게도 영화가 개봉한 지 2년째 되던 해에 태풍 매미로 인해 날아가 버린 거였다. 잠깐은 아쉬웠지만 상실감이 크지는 않았다. 집은 사라졌어도 영화가 남았으니 괜찮다고 생각했다. 그저 집이 있던 자리를 보는 것만으로도 좋을 것 같았다. 깎은 사과 한 접시를 들고 방에 들어온 엄마에게 석모도에 가고 싶다고 했다. 엄마는 "지금? 얘가 왜 이래. 날씨가 이런데 말도 안 되는 소릴 해" 하면서 창문 밖을 가리키곤 다시 나갔다. 창밖엔 비바람이 몰아쳐서 나무가 누울 지경이었다. 나는 엄마가 놓고 간 사과를 아삭아삭 베어 먹으며 영화를 마저 봤다. 저 지붕도 계단도 침대도 커튼도 책장도 오늘 같은 날씨에 다 바닷속으로 사라져 버렸겠구나. 영화를 보고 있는데 매서운 바람에 흩어지는 집의 모습이 잔상처럼 겹쳐 보였다.

2017년. 남양주 종합촬영소의 한 스튜디오를 나흘간 빌렸다. 총 2회차 분량의 촬영이 예정되어 있었고 그중 이틀은 세트를 짓기 위해 필요한 시간이었다. 고작 4분 내외의 짧은 영상을 제작하는 것이었지만 콘텐츠에 어울리는 공간을 만들기 위해서는 세트를 직접 지을 수밖에 없었다. 예산을 최대한 아끼기 위해 회사 내부 직원들로만 프로덕션 팀을 꾸렸고, 미술팀 인력이 없어서 PD, 연출, 조연출, 작가, 조명감독

할 것 없이 모두가 나를 도와 이틀간 세트를 지었다.

합판을 자르고, 페인트를 칠하고, 다 같이 구호를 외치며 벽을 세워 바닥에 고정하고, 가구를 만들고 소품을 배치해서 세트를 완성하기까지 꼬박 이틀이 걸렸다. 그렇게 온 스태프가 젖 먹던 힘까지 긁어모은 세트에서 순조롭게 촬영이 이어졌고, 촬영 또한 이틀 만에 끝났다. 수고하셨습니다!라는 말이 울려 퍼짐과 동시에 우리는 망치를 들고 사방으로 흩어져 세트를 부쉈다. 스튜디오 대관 시간에 맞추어 세트도 우리도 모두 속히 퇴장해야 했기 때문이다.

매번 내가 가진 온 힘과 시간을 들여 세트를 짓고, 촬영을 하고, 컷 소리와 함께 그것을 부수는 과정을 반복하면서 석모도의 일 마레를 떠올렸다. 촬영이 무사히 끝났다는 안도와 순식간에 나의 세트를 잃은 데서 오는 약간의 허탈감, 그리고 탄소 배출에 일조한 것 같은 죄책감이 동시에 밀려들 때마다 그것들이 정말 사라져도 괜찮은 것인지를 생각했다. 애초에 없어도 되는 것을 우리의 욕심으로 굳이 굳이 만들어 놓고 기어코 다시 없애고 있는 건 아닌지 생각하다가, 하지만 그게 나의 먹고사는 일인걸 하고 스스로 위로하는 식으로 마음이 왔다 갔다 했다. 촬영이 끝나면 며칠 이상한 감정에 시달리다가 어느 날 정신을 차려보면 다시 세트를 짓고 있는 식으로. 그렇게 작업이 이어졌다.

　　사실 죄책감을 제외한다면 나의 세트는 사라져
도 괜찮은 것이었다. 일 마레가 사라진 것을 알았을
때 별다른 상실감을 느끼지 않았듯. 내 옆에 실재하
지 않아도 나의 어딘가에 남아 있는 것처럼 느껴졌기
에 괜찮았다. 부서진 세트 조각들이 트럭 몇 대에 실
려 나가는 것을 지켜보는 순간 잠시 허망하다가 그다
음부터는 괜찮았다. 나는 매번 그것들이 세상에서 사
라지리란 생각을 하지 않고 만들었다. 영원히 남을 것
처럼 여기면 더 정성을 들일 수 있었다. 그래서 사라
져도 괜찮았다. 사라진 세트의 자리에는 세트를 만들
며 얻은 기억과 성취가 남았다. 남기고 싶은 것만 남
길 수 있으니 어쩔 땐 사라진 것이 차라리 나았다. 좋
았던 기억만 남기고 힘들었던 것은 까먹어 버리는 것
처럼, 만들고 부수고 또 만들고 부수고 하면서 남길
것들을 추렸다. 나는 이제 눈에 보이는 세트보다 이렇
게 추려져 내 어딘가에 남은 것들이 더 소중하다.

　　친구들과의 술자리에서 당장 내일 죽어도 괜찮
은지에 대해 가끔 이야기 나눈다. 어떠한 이유로 내가
내일 죽는다면? 다른 것은 생각하지 않고 오로지 죽
음과 나 두 가지만 놓고 생각했을 때 나는 여한이 없
는가. 이렇게 죽어도 괜찮은가에 대해서 질문하면 대

개 그 자리에 있는 사람 중 반은 안 괜찮고 반은 괜찮다고 한다. "왜 안 괜찮은데?" 하면 "아직 하고 싶은 게 많아서"라고 하고 "왜 괜찮은데?" 하면 "후회 없이 살아서 괜찮아" 한다. 나는 후자다. 죽는다는 건 나를 포함한 모든 것을 잃는 일이다. 그럼에도 살아가며 내가 나에게 스스로 남긴 것들과 누군가에게 남아 있을 나에 대해 생각하면 다 괜찮아진다. 뭔진 모르겠어도 이미 충분하다고 여겨져서 미련이 없다. 이건 죽고 싶다는 말과는 전혀 다르다. 당장 내일 죽어도 괜찮은지 생각하면서도 한편으로는 내일 죽을 리 없다는 안일한 마음이 전제되어 있기에 가능한 대답일지도 모른다. 겪어 보지 않아서, 죽음에 대해 구체적으로 떠올려 보지 않아서 초연할 수 있을지도 모른다. 그렇다고 항상 죽음을 생각하며 살 수는 없는 노릇이다. 사람들은 오늘이 마지막인 것처럼 살아야 한다고 말하지만 그 말은 나에게 너무 지독하다. 나는 그냥 오늘이 마지막이어도 그럭저럭 상관없을 정도로 살고 싶다. 나에게 남은 것들이 나를 이렇게 마음먹게 만드는 걸지도 모른다.

회사에 다닐 때 아트디렉팅 수업을 열었다. 내가 알고 경험한 몇 가지를 조심스레 꺼내 소개할 때마다 그것에 몰입하며 눈짓으로 호응해 주는 사람들을 보는 것이 행복했다. 하지만 3기까지 진행됐을 때 회사가 어려워졌고 그 수업을 더 이상 할 수 없게 됐다. 마지막 수업이 끝나고 3기 수강생들과 가진 뒤풀이 자리에서 회사의 상황과 우리 팀원 모두의 퇴사를 알렸다. 3기가 마지막 기수가 될 거라고 덤덤히 고백했다. 수강생 대부분이 우리가 만든 콘텐츠를 좋아하고 우리와 회사를 열렬히 응원해 주던 사람들이었기에 모두 슬픈 눈으로 아쉬워했다. 되레 우리에게 위로를 건넸다. 아카데미가 더욱 커져서 오래오래 그들에게 힘 있는 지지자가 되어 주고 싶었는데, 미안한 마음이 들었다. 3기까지만 하고 끝날 줄 알았더라면 더 열성적으로 즐거운 시간을 보냈을까 생각해 보았다. 물론 그렇지는 않았을 것이다. 나는 그 수업이 영영 이어질 거라고, 그래서 함께 끄덕이는 사람들이 점점 많아질 거라고 상상하며 그 시간을 아름답게 보냈다.

　　고백이 끝난 후에는 나도 모르게 이런 말을 했다. 제가 잘될게요. 나에게 수업을 들은 것이 부끄럽지 않도록 어떻게든 잘되어야겠다는 마음이었는데 어쩐지 너무 선전포고처럼 뱉어 버려서 오… 하는 소리와 함께 박수를 받고 민망해서 웃었다. 수업을 통해 내가 건넨 것들이, 혹은 나라는 사람이 그들에게 어떤 모양새로 남아 있을지는 모르겠지만 그저 시간이 지날수록 조금씩 더 그럴싸하게 보일 수 있기를 바랐다. 그들에게 언제나 괜찮은 모습으로 남아 있기를 바라는 마음에서 잘되고 싶었다.

　　사라져도 괜찮은 것에 대해서 생각할 때 나는 편안하다. 영화 〈돈 룩 업〉의 숭고한 마지막 장면처럼. 흔들리고 무너지는 세상의 종말 앞에서도 손을 맞잡고 와인 한잔을 주고받을 수 있는 마음처럼. 나는 언제나 그런 상태에 머무르고 싶다. 끝이 무엇이든 그것을 향해 감으로써 얻을 수 있었던 것들에 대해 잘 기억하고 잘 보관해 두고 싶다. 그것들을 떠올려 보는 일만으로도 살아가는 의미를 얻을 수 있을 것이다. 그것들은 언제고 나에게 괜찮다고 말해 줄 것이다.

고등학교 시절에는 방송반 활동을 했다. 별생각 없이 친구들을 따라 지원했다가 덜컥 나만 붙게 되었다는… 그런 뻔한 스토리다. 방송반의 여러 파트 중에서 작가 파트에 지원했다. 작가는 방송반 대대로 내려오던 특정한 양식에 맞추어 매일 A4용지 한 장짜리 점심 방송용 대본을 쓰는 일을 했다. 음악을 선곡할 수 있는 권한도 있었다. 1학년 때는 수업이 끝나면 동기들과 방송실에 모여 대본을 쓰고 저녁에는 집으로 돌아가 조용히 컴퓨터 앞에 앉았다. 그러곤 윈앰프를 켜고 대본 중간중간에 숨을 돌려 줄 음악을 찾아다녔다. 이 멘트 다음에 어떤 음악을 틀지, 다음으로 어떤 음악을 연속해서 나오게 할지, 오프닝과 엔딩으로 어떤 음악이 좋은지. 순서를 이리저리 뒤바꾸면서 셋리스트를 만들었다. 그렇게 정해진 음악들은 MP3로 내려받아 공씨디에 구웠다. 혹시 오류가 있을지 모르니 두 장씩 구워서 씨디 케이스에 담고 책가방 앞주머니에 조심히 넣었다. 생방송 중에 혹여 씨디가 튀어서 음악이 끊기거나 하는 실수를 방지하기 위해(제법 제대로 임했음) 아침에 조금 일찍 등교하거나 쉬는 시간의 틈을 활용해서 씨디에 오류가 없는지도 매일 체크했다. 그 시간이 또렷하게 기억날 만큼 즐거웠다. 매일의 날짜를 쓰고, 식상한 날씨 인사를 건네고, 인터넷에서 찾은 감성적인 글귀를 적어 넣거나 최신 영화 애기를 나누거나. 정해진 양식 안에서 매일 조금씩 다른 것을 만들어 내는 재미가 있었다. 특히 그날의 대본에 어울리는 음악을 적재적소에 선곡하는 일이 적성에 잘 맞았다. 사실 점심시간은 시끄러워서 내가 대본에 무슨 말을 썼는지 제대로 듣는 사람은 거의 없었지만 음악은 달랐다. 아이들은 밥을 먹으면서도 이야기를 나누면서도 중앙 스피커에서 흘러나오는 음악은 열심히 들었다. 듣고 싶었던 음악이 오프닝으로 나온다든지 서로 잘 어울리는 음악이 연달아 나온다든지 하는 날에는 신나게 밥을 먹던 친구들이 일제히 숟가락을 놓고 팔자 눈썹을 한 채로 나를 쳐다봤다. 야 김지원… 오늘 선곡 짱 좋아… 하면서 감동한 표정을 짓는 친구들을 보면 뿌듯해서 웃음이 났다.

그렇게 일 년을 보내고 2학년이 됐을 때 방송반 국장이 됐다. 다른 학교로 전학 간 아나운서 동기의 자리를 대신해 점심 방송의 아나운서도 도맡아 하게 됐다. 일주일에 세 번 이상 점심 방송을 진행하고, 야외 행사가 있는 날에는 식순에 맞추어 애국가와 교가를 틀었다. 방학 때는 방송반 후배들과 모여 뮤직비디오를 만들어서 출품하기도 했다. 어딘가에 소속되어 동기와 후배와 함께 일을 벌이고, 진행하고, 결국 해내서 작은 성취를 맛보는 일에 점점 애정이 생겼다. 분명 건축가가 되는 것이 꿈이었는데 방송반 활동을 하면 할수록 방송국에 가고 싶어졌다. 라디오 PD가 좋겠다고 생각했다. 누군가의 입을 빌려 이야기를 들려주고, 그와 아름답게 맞아떨어지는 음악을 함께 곁들이고 구상하는 일. 내가 아니면 누가 하나 싶었다. 너무 잘해 낼 수 있을 것 같았다.

"너는 나중에 무슨 일을 하고 싶어?"

그 무렵의 기억을 더듬다 보면 어느 친구가 했던 질문이 늘 떠오른다. 실용음악과 진학을 준비하던 친구였는데, 언젠가 문자로 대뜸 이런 질문을 건넸다. 나는 하고 싶은 게 너무 많았기 때문에 조금 고민하다가 "음… 난 PD도 하고 싶고, 무대 연출도 재밌을 것 같고, 라디오국 음향 엔지니어 일도 재밌을 것 같아. 다 진짜 재밌을 것 같아!"라고 야심 차게 답장을 보냈다. 그러자 친구에게서 금세 답장이 돌아왔다.

"왜 너는 누군가의 뒤에서 일하는 사람이 되고 싶어 해?"

처음엔 어안이 벙벙하여 이게 무슨 말인지를 계속 생각해야 했다. 누군가의 뒤에서 일하고 싶다고 생각한 적은 없었다. 그보다 내가 하고 싶은 일들이 누군가의 뒤에서 하는 일이라고 생각해 본 적이 없었던 것 같았다. 뒤에서 일한다는 말이 무슨 뜻이지? 한참을 생각했다. 혹시 내가 하고 싶은 일들을 친구가 은연중에 무시하고 있는 걸까? 그런데 계속해서 생각하고 따지고 보니 나는 친구의 말대로 누군가의 뒤에 있고 싶은 사람이 맞았다. 백스테이지에 우직하게 서서, 커튼 앞에 선 사람이 빛날 수 있게, 든든한 나를 믿고 마음껏 뽐낼 수 있게 돕는 사람이 되고 싶은 게 맞았다. 그게 내가 잘하는 일이라는 것을 그때도 알고 있었다.

"나는 그냥 그런 일이 잘 맞는 것 같아"

친구에게 답장했다.

*

〈두여자〉를 만들면서 최승윤이라는 친구를 알았다. 진경환이 어느 공연 작업을 할 때 몇 번 인사를 나눠 본 사이라고 했다. 최승윤은 무용수였고 안무가였고 그래서 본격적으로 대사가 있는 연기 같은 것은 해 본 적이 없는 상황이었지만 진경환은 최승윤의 매력을 알아보고 그에게 연락을 했다. 우리 콘텐츠에 배우로 출연해 줄 수 있겠냐고 말이다. 최승윤은 재밌을 것 같다며 의외로 쉽게 승낙을 했고 삼성동에 있는 사무실로 우리를 만나러 왔다.

최승윤이 사무실 문을 열고 등장했던 날이 기억난다. 아메리칸 어패럴이라는 브랜드의 상의를 입고 왔는데, 그 옷이 무려 형광색이었고 분홍색이었고 심지어 속이 훤히 비치는 메시 소재였다. 나는 그때까지 첫 미팅에 저런 유별난 옷을 입는 사람을 단 한 번도 본 적이 없었기 때문에 "아, 예 안녕하세요… 예예…" 하면서 조금 당황했고, 아니 사실 많이 당황했고, 은근하게 기가 눌렸다. 회의실에 들어서며 "커피 드릴까요?"라고 묻자 최승윤은 좋다고 했다. 그리고 내가 탕비실로 자리를 옮기자 거기까지 나를 그림자처럼 따라왔다. 아니 왜 따라오는 거지 생각하며 등줄기에 땀이 줄줄 났지만 최대한 상냥하게 "앗 뭐 도와 드릴까요?"라고 물었다. "저 실례지만 물은 딱 요만큼만 넣어 주시고 커피는 이걸로 내려 주실 수 있을까요?" 형광 분홍색 메시 옷을 입은 최승윤은 탕비실까지 나를 기어코 따라와서 꽤 구체적인 주문을 했다. 나는 최승윤이 길고 가느다란 손가락으로 고른 캡슐커피를 기계에 넣고 컵에 따른 물의 높이를 그에게 연신 확인받으면서 생각했다. 얘 진짜 이상한데 맘에 든다. 아니야 이상해. 아니야 맘에 들어. 아니야 진짜 이상해.

그 후로 5년이 지나고, 나는 최승윤을 조금 더 아는 사람이 됐다. 오랫동안 함께 작업하면서 최승윤의 멋있음을 알게 됐고, 최승윤의 까다로움도, 최승윤이 사고하는 방식도 이전보다는 더 많이 알고 이해하게 됐다. 하지만 그렇다고 최승윤에 대한 내 생각이 달라진 것은 아니다. 최승윤은 여전히 이상한데 마음에 드는 친구다. 나는 문득 그런 최승윤의 모습을 더 자연스럽게, 있는 그대로 보여 줄 수 있는 콘텐츠를 만들고 싶었다. '진짜 최승윤'의 이상하고 맘에 드는 구석을 최대한 많은 사람들에게 알리고 싶었다. 최승윤은 "어우 내가 뭐라고~ 싫어 부담스러워" 하면서도 내가 뭔가 하자고 하면 웃으며 끌려오는 타입이라 결국 뭐든 같이해 줄 것 같았다. 나는 최승윤이 허락만 해 준다면 "어우 내가 뭐라고~ 싫어 부담스러워" 하는 최승윤의 모습 그대로를 찍어서 콘텐츠로 만들면 되는 거였다.

그렇게 만든 것이 〈최승윤 배우 만들기 프로젝트〉라는 콘텐츠다. 처음엔 시행착오가 많았다. 자연스러운 모습을 담고자 시작해 놓고 자연스럽게 찍는다는 게 뭔지 잘 모르겠어서 한동안 헤맸다. 자꾸 습관처럼 기획을 하려고 하고, 콘셉트를 넣고, 시나리오를 짜다 보니 내가 원하는 최승윤의 모습이 나오지 않았다. 여러 버전을 시도하다가 결국에 '배우라는 직업에 도전하는 최승윤과 그를 서포트하는 소속사 도토리기획의 직원 진경환과 김지원의 이야기'를 대본이 없는 형식으로 찍어 보기로 했다. 일종의 페이크 다큐였다. 최승윤을 포함한 우리는 최승윤이 영화나 드라마에서 연기를 하는 멋진 배우가 되기를 정말로 바라는 마음 반, 재밌는 영상 콘텐츠를 만들고 싶은 장난 같은 마음 반으로 일 년에 걸쳐 총 여덟 편의 영상을 찍었다. 대본도 없는 데다가 최승윤을 배우로 만들겠다는 마음이 진심인지 아닌지 우리 스스로도 헷갈려하며 촬영을 하니 오히려 최승윤의 자연스러운 모습이 나왔다. "이거 진짜로 하는 거야?"는 이 콘텐츠 안에서 최승윤이 가장 많이 뱉은 말이다.

　영상을 만드는 동안 우리는 실제로 배우 최승윤의 프로필 사진을 찍고, 포털 사이트에 그의 이름을 올리고, 함께 오디션도 보러 가고, 광고 제의가 들어오면 실제 소속사처럼 비즈니스 업무를 대신하면서 그의 촬영 현장에 동행하기도 했다. 페이크 다큐로 시작한 프로젝트가 어느새 리얼 다큐가 되어 가는 중이었다. 다음 에피소드에는 정말로 현실과 맞닿아 있는 노력과 시도들을 보여 주지 않으면 안 될 상황이 됐다. 이제 뭘 찍어야 할지 막막했다. 그렇게 〈최승윤 배우 만들기 프로젝트〉는 최승윤이 배우라는 직업에 대해 실제로 진지한 고민을 하기 시작했을 무렵 중단됐다. 반은 가짜로 시작한 콘셉트가 진짜가 되어 버린 탓에 모두 부담을 느꼈기 때문이었다.

　그리고 2020년 12월. 〈최승윤 배우 만들기 프로젝트〉의 마지막 에피소드가 릴리즈 되고 정확히 빈 년 만에 최승윤은 실제로 멋진 영화에 나오는 주연 배우가 됐다. 내로라하는 국제 영화제에서 여우주연상도 받는, 말 그대로 영화 같은 일이 벌어졌다. 〈최승윤 배우 만들기 프로젝트〉 유튜브 영상에는 이제 온통 그의 성공적인 배우 데뷔를 축하하는 댓글뿐이다. 최승윤을 캐스팅한 감독은 실제로 우리가 만든 이 영상들을 보고 그를 캐스팅하게 됐다고 했다. 내가 최승윤이라는 사람에게서 본 무언가를, 영상으로 담아내고자 했던 그 무언가를 비로소 다른 이들도 보게 된 것이다.

*

미국 힙합 역사상 가장 대중적인 성공을 거둔 래퍼는 단연 카니예 웨스트다. 나는 카니예 웨스트가 정확히 어떤 배경을 가진 사람인지, 어떤 성향의 사람인지는 전혀 몰랐지만 잘 알려진 노래 몇 개는 따라 부를 수 있었다. 특히 샤카 칸의 〈Through The Fire〉라는 유명한 곡을 샘플링해서 만든 〈Through The Wire〉는 어릴 때 무척 자주 들어서 앨범 재킷을 세세하게 기억할 정도다.

2022년에 공개된 그의 3부작짜리 다큐멘터리 〈지-니어스 Jeen-Yuhs〉에는 무려 20여 년 전 앳된 얼굴의 카니예가 나온다. 고향인 시카고의 언더그라운

드 신에서 음악을 시작하고, 잘나가는 래퍼가 되고 싶지만 아직은 그저 줄기차게 음악을 만들 뿐인, 패기가 넘치는 젊은 카니예의 모습이다. 다큐에는 자신의 곡에 관심을 보이는 래퍼들을 차에 태우고 썩 좋지 않은 스피커로 몇 가지 트랙을 들려준다거나 관심 있는 레이블 사무실에 무턱대고 방문해서는 표정 없는 마케팅팀 직원 앞에서 랩을 선보인다거나 하는 세세하고 자연스러운 장면들이 나온다. 내가 좋아했던 노래 〈Through The Wire〉의 제작 과정도 고스란히 담겨 있다. 턱뼈가 부러지는 큰 교통사고를 당한 카니예가 치아에 와이어 장치를 하고는 치과 의자에 누워 말한다. "Through the Wire, 의사가 이제 내 입에서 뭘 뺄 건데 그게 와이어를 빼는 것처럼 보일 거야. 이걸 뮤직비디오에 그대로 담자. 의사가 말하는 것도 다 넣고." 이것이 원곡의 Fire라는 단어가 Wire가 된 이유였다.

카니예를 잘 모르는 사람들은 카메라를 향해 묻는다. "이거 뭐야?" 그러면 카메라 너머의 목소리가 들린다. "이거 카니예 다큐야." 대답을 들은 사람들은 하나같이 묘한 표정을 지으며 카니예를 쳐다본다. 네가 누군데 다큐를 찍어? 하는 표정 말이다. 세상이 카니예의 이름을 잘 몰랐을 시절부터 그의 다큐멘터리는 이미 만들어지고 있었다.

3부작의 다큐를 보고 난 후로 친구들을 만날 때마다 이 얘기를 하고 다녔다. 카니예 같은 사람이 되고 싶다거나 그의 인생이 너무 멋있다거나 하는 감명을 받았기 때문이 아니라 나도 이런 영상을 만들고 싶어서였다. 카니예 웨스트의 다큐멘터리는 그의 고향 친구이자 촬영감독인 쿠디 시몬스가 만들었다. 둘이 잠시 사이가 멀어졌던 시기를 제외하고 20여 년 동안 그는 언제든 카니예의 옆에서 카메라를 들고 쫓아다녔다. 그는 내레이션을 통해 자신이 카니예의 자신감과 특별함을 봤고, 그가 꿈을 이루는 여정을 담고 싶었다고 말한다. 그런 쿠디의 카메라 앞에서 카니예는 다듬어지지 않은 날것 같은 자유로움을 보여 준다. 그리고 카니예는 쿠디의 바람대로 영화처럼 꿈을 이룬다.

　　난 쿠디가 되고 싶어. 이 다큐에 대해 이야기할 때마다 덧붙이는 말이다. 모두가 자기를 뽐내려고 하는 세상에서 나는 여전히 그 뒤에 있는 사람이고 싶다. 좋은 킹메이커가 있어야 킹도 탄생하는 게 아닌가 하는 생각을 하면서. 쿠디의 시선과 애정과 꾸준함을 나도 가졌으면 한다. 카니예의 비판받을 행보들에 동의하지 않고 그에 대해 냉소적인 태도를 보이면서도 쿠디는 카메라에 카니예를 계속 담는다. 그 화면 속에는 알 수 없는 애정의 시선이 보인다.

요즘도 여전히 가벼운 캠코더 한 대를 들고 다니면서 주변 사람들의 모습과 이야기를 찍어 둔다. 이 장면들이 모여 30년 후에는 꽤 근사한 다큐멘터리가 되기를 바라면서. 어쩌면 이것이 고군분투하던 어느 킹메이커의 다큐멘터리가 될지도 모른다는 생각을 하면서. 나는 누군가의 뒤에서 일하는 사람들의 우직한 힘을 믿는다.

내 방 책장 맨 아래 칸에는 초등학생 때 쓴 일기장 수십 권이 학년순으로 꽂혀 있다. 유물처럼 남아 있는 일기장들을 가끔 들추어 읽다 보면 어린 내가 타인처럼 느껴질 때가 있다. 작은 몸집의 나는 졸린 눈으로 식탁에 앉아 연필을 아무렇게나 쥐고 엄마 오늘 며칠이에요? 하며 하루를 천천히 떠올렸을까. 잘 기억나지 않는 이야기들 속에 있는 나는 지금의 내가 할 수 없는 생각들을 한다. 맥락이 없다거나 문장이 엉망이라거나 하는 것들은 차치하고, 결말에 대부분 이상한 패턴이 존재한다거나 유머 시리즈를 직접 만든다거나 새로운 단어를 창조해 내는 일도 다반사여서 나는 그 이해할 수 없는 사고의 흐름을 보며 얘는 대체왜 이럴까 신기해한다. 가장 어이없는 건 누군가를 웃기기 위한 의도가 보인다는 점인데, 웃기려는 대상이 일기를 검사하는 선생님도 엄마도 아니고 바로 나 자신이었던 걸로 보인다. 지금보다 작은 버전의 나는 누구보다 열심히 나 자신을 웃기기 위해 일기를 썼던 것 같다. 나는 기억나지 않는 일기 속 상황들에 약간의 상상을 더하여 읽고, 그날의 장면을 떠올려 보고, 엄마의 표정을, 친구들의 목소리를 그려 보면서 마치 타인처럼 느껴지는 작은 버전의 나를 이해해 본다.

제목 ; 무서운 아줌마

미용실에 나의 긴 이머리를 자르러 갔다.
그런데 어느 미용실 아줌마가 내머리를 빗겨
주셨는데 너무 아팠다. 그순간 나는 그
아줌마가 무서운 아줌마라고 생각 했
다. 그리고 그 아줌마에대해 지은 노래가 있
다. 시시시 작

♫ 미용실에서 우연히 만난 아주 사
나운 무서운 아줌마 그 ♪
눈도 매섭고 귀도 까져 같고.
참 무서운 미용실 아줌마.

♪ ♬

참웃긴다. 내가 썼지만 읽고 나서
보니 엄청 웃겼다. 하지만 그 아줌
마 앞에서 하면 큰일 날 것 같다.

오늘의 반성	내일의 학의

이날은 미용실에서 겪은 아픔이 기억에 남아 일기를 쓴 것 같다. 지금보다 내성적이고 소심했던 초등학교 2학년 김지원은 처음 보는 낯선 사람 앞에서는 입을 꾹 다물어 버리는 낯가림 최강자였다. 당시 엄마는 그런 나를 사회적인 동물로 만들기 위해 부단히 노력했다. 식당에 가면 "네가 아줌마한테 가위 좀 달라고 말해 봐"하기 일쑤였고, 나는 매번 고개를 가로저으며 그저 돌덩이처럼 앉아 있었다. 낯선 사람과 거울을 통해 지속적인 대면을 해야 하는 미용실이라는 공간은 그런 나에게 거의 공포의 극단에 있는 장소나 다름없었다. 미용사가 쏟아 내는 질문들에 대답할 자신도 없는데 묻지도 않은 것에 대해 적극적인 의사 표현을 한다는 건 당시의 나로서는 엄두도 못 낼 일이었을 거다 (사실 지금도 그렇다). 그렇게 미용실 의자에 망부석처럼 앉아 있던 초등학생 김지원은 무서운 아줌마의 무심하고 열정적인 빗질을 묵묵히 견디며, 차오르는 눈물을 끝끝내 티 내지 않고, 아픔을 노래로 승화시키고 만다.

(시시시작)
♬ 미용실에서 우연히 만난
아주 사나운 무서운 아줌마 ~~♩
눈도 매섭고 코도 마녀 같고
참 무서운 미용실 아줌마 ~~♪

이 노래가 그 아픔의 현장에서 탄생했는지, 아니면 일기를 쓰는 도중에 피할 수 없는 악상이 떠올라 즉흥적으로 써 내려갔는지는 알 길이 없다. 알 수 있는 것은 노래 시작 전까지의 맥락 전환이 빨라도 너무 빠르다는 것과 노래를 소개하는 화자의 태도가 너무나도 태연하다는 것. 그뿐이다. 무서운 아줌마를 떠올리며 노래를 짓겠다는 이 사고의 흐름이 대체 어떤 경로를 통해 진행된 것인지 너무나도 알고 싶지만. 백날 궁금해해 봤자 이 조그만 화자의 속은 정말 알 길이 없다.

들을 수 없는 이 노래에는 분명 멜로디도 있는 것 같다. 발랄한 형세를 한 음표와 물결, 그리고 대쪽 같은 필체를 보니 필시 미디엄 템포의 경쾌한 반주에 리듬을 타며 당차게 불러야 하는 노래로 짐작된다. 무심히 써 내려간 듯하지만 사실은 치밀한 운율로 짜인 가사는 4분의 4박자 리듬을 절로 상상하게 하는데, 이는 당시 대한민국 초등학생의 심장을 강타했던 한스밴드의 영향을 받은 것으로 추측된다. 실제로 한스밴드의 〈오락실〉이라는 노래 멜로디에 이 가사를 얹어서 불러 보면 맞네 이거네, 싶은 희열을 느낄 수 있다.

노래만큼 어이없는 부분은 바로 그다음 문단이다. 무려 두 번에 걸쳐서 이 글의 웃김을 스스로 평가한 나는, 단 몇 줄의 노래로 나 자신을 웃겼다는 사실에 꽤 만족하고 있는 것으로 보인다. "참 웃긴다" 하는 간결한 문장을 앞세워 호흡을 조절하고, 이어서 다시 한번 웃기다는 말을 함으로써 강조의 효과까지 노린 것이 놀랍다. 뿌듯한 미소와 함께 일기를 마무리하는 초등학생의 같잖은 모습을 떠올려 볼 수 있는 대목이다. 아마도 이 대목에서 화자는 다시 한번 노래를 소리 내 불러 보면서 마치 복수에 성공한 것 같은 쾌감을 느꼈을 것이다.

나는 여전히 빗질을 세게 하는 미용사에게 아무 말 못 하고, 아픔에 눈물이 차올라도 꾹 참아 내는 바보 같은 어른이지만, 마음속으로 이 노래를 부를 수 있다는 것이 위로가 된다. 시시시작……

미운 네 살, 죽이고 싶은 일곱 살이라는 말이 있다. 아무리 그래도 죽이고 싶다는 말은 좀 너무하다고 생각되지만, 일곱 살의 에너지를 당해 내기가 오죽 힘들면 이런 말까지 나왔을까 싶기도 하다. 일기를 읽다가 나는 열 살의 나에게 수식어를 하나 붙여 주고 싶어졌다. 바로 당돌한 열 살이다.

그때의 나는 당돌했다. 엄마 친구가 "아이구 지원이 너무 귀엽다" 하면 바위 같은 표정으로 "저 안 귀여운데요" 하며 어른을 당황케 하는 당돌함이 매력인 꼬마였다. 그러면 어른들은 예외 없이 깔깔 웃으며 "어머 얘 좀 봐" 했지만 나는 정말로 귀여워 보이고 싶지 않았다. 시골 큰할머니 댁에서 돌아오는 길에도 그 랬다. 할머니는 서울로 돌아가는 나를 배웅하며 "아이구 우리 예쁜 강아지 잘 가래이" 하셨는데 나는 그 말에도 "저 강아지 아닌데요 사람인데요"라고 대꾸했다. 그때 나는 곧 고학년이 되는, 한 살 차이의 동생에게 시크한 언니 노릇을 하고 싶은 3학년이었으니까.

그 밖에도 일기 속의 3학년 김지원은 해외 출장을 다녀온 아빠가 초콜릿 대신에 시시한 열쇠고리를 사 온 것에 분노하고, 장마철에 매일 내리는 비를 향해 내일부터는 올 생각 말라는 무서운 협박을 하기도 한다. 3학년 어린이날에 쓴 일기 제목은 '이거 참'인데, 한탄으로 한 바닥을 가득 채운 내용인즉슨 어린이날은 마땅히 어린이가 주인공이어야 하는데 엄마 아빠는 왜 나를 낚시터에 데려갔냐는 것이었다.

어떤 날에는 난데없이 '주장글'이라는 말머리를 붙인 일기를 썼다. 여름방학 숙제가 너무나 싫었던 3학년 김지원은 숙제를 없애자는 주장에 대한 근거를 제시한다. 방학은 그동안 공부한 대가로 쉬라고 있는 것 아닙니까? 공부에 대가를 바라다니 당돌하기도 하지.

어린 시절 나는 말수 적고 수줍음 많은 내성적인 성향의 아이였는데, 일기장에서만큼은 이래저래 말이 많았던 것 같다. 평소에 할 수 없던 말들을 속 시원히 터놓을 수 있는 존재가 바로 일기장이었을 거다.

제목! (주장글) 여름방학 숙제를 없어
버립시다!

여름방학이 다가 옵니다. 하지만 숙
제는 방학이 돼도 여전 합니다. 여
름 방학은 그동안 공부한 데가로 쉬
라고 되어 있는 것 아닙니까?
그런데 왜 숙제를 내 주는지 이해
가 안갑니다. 그래서 저는 여름 방
학 숙제는 없어야 한다고 생각 합니다.
여름방학 숙제를 없었으면 좋겠습니다.

오늘의 반성

내일의 할일

127

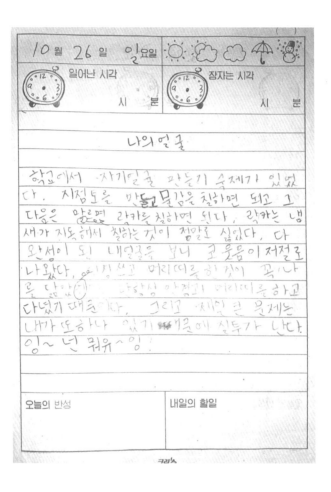

10월 26일 일요일	☀ ☁ ☁ ☂ ☃
일어난 시각 시 분	잠자는 시각 시 분

나의 얼굴

학교에서 자기얼굴 만들기 숙제가 있었
다. 지점토를 만들고 물감을 칠하면 되고 그
다음은 말르면 락카를 칠하면 된다. 락카는 냄
새가 지독해서 칠하는 것이 정말로 싫었다. 다
완성이 된 내얼굴을 보니 코웃음이 저절로
나왔다. 안경쓰고 머리따로하고 정이 꼭 나
로 닮았어. 나항상 안경과 머리따로 하고
다녔기 때문이다. 그리고 제일 큰 문제는
내가 또하나 있기 때문에 질투가 난다.
잉~ 넌 뭐유^잉!

오늘의 반성	내일의 할일

크리스

거침이 없고, 좋고 싫음 또한 확실한. 나는 누구보다 당돌한 열 살이었다.

그리고 고학년 언니가 된 4학년 김지원이 쓴 '나의 얼굴'이라는 제목의 일기. 이날은 지점토로 자기 얼굴을 만들어 가야 했던 모양이다. 상상 속 나는 새하얀 지점토로 투덕투덕 얼굴 모양을 만들고, 작은 손가락으로 눌러 가며 눈과 코를 만든다. 거울을 보며 만들었을지 아니면 아빠가 찍어 준 사진을 보면서 얼굴을 만들어 나갔을지는 모르겠지만. 당시 쓰고 다녔던 연분홍 테의 안경과 작은 리본이 달린 단단한 머리띠도 잊지 않고 그려 넣는다. 그러곤 완성된 얼굴을 보며 코웃음을 친다.

지점토 얼굴의 사진도 기억도 남아 있지 않지만, 아마도 코웃음을 칠 만큼 우스꽝스러운 모습이었을 것이다. 실상은 하나도 닮지 않았는데 그저 안경을 쓰고 머리띠를 한 모양새 때문에 나를 꽤 닮은 것처럼 보였을지도 모른다. 어쨌든 4학년 김지원은 지점토로 만든 자기 얼굴을 맘에 들어 하는 눈치다. 그러다 일기 마지막 줄에 이 웃기게 생긴 지점토 얼굴의 제일 큰 문제점을 언급하는데, 그 문장에서 마음이 쿵 하고 내려앉아 한참 동안 일기를 붙들고 있었다.

"제일 큰 문제는 내가 또 하나 있기 때문에 질투가 난다."

내가 하나 더 있다는 사실에 질투심이 드는 감정은 어떤 것일까 생각해 봤다. 연못에 비친 자기 모습과 사랑에 빠졌다는 나르키소스의 마음과 비슷한 것일까. 아니면 이 세상에 내가 둘일 필요는 없다는 것일까. 지금의 나로는 도무지 이해할 수 없는 감정이었다. 왜지? 왜 나는 저 마음을 이해할 수 없게 된 걸까.

당돌함은 나를 사랑하는 마음에서 나온다. 그건 나를 잘 안다는 것이고, 나에 대해 잘 말할 수 있다는 뜻이다. 지금 내 얼굴을 지점토로 만든다면 어떨까. 더 이상 안경도 쓰지 않고 머리띠도 하지 않는 나를 어떻게 표현할 수 있을까. 잘 모르겠다. 당황스럽고 어색한 마음이 되었다. 나의 얼굴이 어떤 모양인지, 눈은 어떻게 생겼는지, 얼굴에 점이 몇 개나 있는지. 나에 관해서 내가 알고 있는 게 거의 없다는 생각이 들었다. 나를 사랑하기에 나를 잘 알고 누구에게나 당당하게 나를 말할 수 있는 마음. 그 마음이 사라져 버린 것 같았다.

일기장만 봐도 그랬다. 학년이 올라갈수록, 글씨체가 조금씩 볼만해지고 틀린 맞춤법이 적어질수록 나는 점점 당돌함을 잃어 갔다. 다른 사람과 나를 비교하고, 친구들이 좋아한다는 가수를 나도 한번 좋아해 보기로 하고, 좋거나 싫다고 말하기보다 잘 모르겠다는 말을 많이 하기 시작했다. 6학년이 되어 쓴 일기들은 어느 하나 재밌는 구석이 없었다. 그날 벌어진 일을 시간순으로 나열할 뿐 그 하루 동안 어떤 생각을 했는지 어떤 마음이 들었는지 말하지 않았다. 어머야 좀 봐, 할 만한 당돌함이 어디에도 없었다. 자랄수록 나는 나를 모르게 됐다. 내가 어떤 사람인지, 어떤 것을 좋아하고 싫어하는지, 이런 나를 어떻게 설명할 수 있을지 점점 모르게 되는 것만 같다.

다시 한번 생각해 봤다. 내가 또 하나 있어서 질투가 나는 감정에 대해. 지금의 내가 또 다른 나를 마주하게 된다면 어떨까. 질투는커녕 나를 대신해 귀찮은 일을 도맡아 주기를 간절히 바랄 것 같다. 나는 잠을 더 잘 테니 대신 돈을 벌어 오라는 말도 잊지 않을 것이다. 그리고 거울을 보듯 또 다른 나를 보며 그의 행동, 말투, 표정 같은 것에서 싫은 점을 찾고 고치려 하겠지. 세상에나. 또 다른 나를 마주한다는 상상에 그 어떤 기쁨도 행복도 뒤따르지 않는다. 질투라는 것을 하려면 그 대상이 부럽거나 닮고 싶은 모양새여야 할 텐데 나에게 나라는 존재는 그렇지 않단 말인가. 질투는 곧 사랑에서 오지 않나. 무언가 대신해 달라는 말 밀고, 고칠 점을 찾기 위해 관찰하는 것 말고, 도무지 그것을 사랑할 자신이 없다는 게 꽤 슬프다.

4학년 김지원의 한마디가 나를 여기까지 데려왔다. 요즘의 나는 어떤가. 거울 속 나를 사랑할 만큼 당돌하고 단단한 사람인가. 자기애, 자존감, 자존심 같은 이제는 뭐가 뭔지도 모를 헷갈리는 말들이 자주 마음을 들었다 놨다 한다. 나이가 들고 어느 시점부터는 머리도 마음도 더 이상 자라지 않고 멈춘 것 같은 느낌이 들 때가 많다. 나는 점점 작아지고 있는 걸지도 모른다. 내가 부러워하던 내 모습이 사라질수록, 내 마음을 설명하는 것이 어려워질수록 사람에게 상처를 받고 별거 아닌 말들에 자주 휘둘린다. 바쁜 탓을 하거나 혹은 그저 회피하는 식으로 나를 챙기는 시간이 줄었고, 더러는 나를 챙겨야 한다는 사실조차 까맣게 잊으면서 나는 더욱더 나를 모르게 됐다. 잘 몰라서 잘 사랑할 줄도 모르게 됐다. 그런데 저 4학년 김지원은 또 다른 김지원을 질투한다니. 지금의 내가 바라는 마음으로 살고 있다니.

오늘따라 일기 속 내가 더욱 타인처럼 느껴진다. 나를 지키며 살아가기가 참 어려운 세상이다. 타인에게 나를 알리기 바빠서 나에게 나를 알리는 일을 잊는다. 타인을 위로하는 법을 고민하느라 정작 나 자신은 어떻게 위로해야 할지 막막하다. 타인의 장점은 누구보다 잘 알아채고 칭찬할 줄도 알면서 거울 속의 나는 바라보는 것조차 어색하다고 느낀다. 나에게 관

대해지는 것이 가장 어려운 일이 되었다. 하지만 오늘 만큼은 나를 돌보고 싶어졌다. 어떻게든 되겠지, 괜찮겠지, 하고 넘기지 않고 조금은 관심을 가져 보기로 한다. 오늘은 어떤 것에 마음을 썼는지, 어떤 때 한숨을 쉬었는지, 날씨도 좋고 밥도 잘 챙겨 먹었는데 울적한 마음이 든 건 왜인지. 내 앞에 앉은 나에게 물어보고 싶다. 보채지 않고, 다그치지도 않고, 천천히 살펴보고 싶다.

나는 오늘 갑작스럽게 마주친 열 살의 나를 질투하게 되었다.

혼자 또 같이

어릴 때부터 뭐든 혼자서 하는 게 편했다. 자립심이 대단해서가 아니라 순전히 낯가림 때문이었다. 걸음마를 배우기 전에는 낯선 사람이 쳐다만 봐도 울음을 터뜨렸고, 걷기 시작한 후로는 누가 말을 걸면 가까운 사람 뒤에 숨기 바빴다. 도움을 요청하면 쉽게 해결될 일도 굳이 혼자 하기를 택했다. "혹시 이거 어디에 있나요?"하고 물어보는 일이 죽기보다 싫어서 도서관에서 책을 찾을 때도, 동네 슈퍼에 가서도, 필요한 것을 물어보는 방법을 택하지 않고 기어코 하나하나 혼자 찾아냈다. 말 한마디 하는 게 그토록 어려워서 필요한 것을 찾지 못하고 그냥 돌아서 버리는 일도 다반사였다. 다행인 건 그때마다 먼저 나서서 나를 도와주는 어른들이 있었다는 건데, 불안한 눈동자로 이리저리 발걸음을 옮기는 날 알아채고는 "뭐 찾는 거 있니?"하고 상냥하게 말을 건네 왔다. 그럴 때마다 나는 겨우겨우 대답하고 그 자리를 빠르게 벗어났다. 도움을 요청하지 않아도 알아서 도와주는 이가 있다는 것은 감사한 일이었지만 "감사합니다"하고 돌아서면서도 식은땀이 줄줄 났다. 다음에는 아줌마가 말을 걸기 전에 반드시 혼자 찾아내야 해. 완수하지 못한 미션을 되뇌며 동네 슈퍼를 나서곤 했다.

자라면서 성격이 조금씩 변했다. 자연스레 주변이 넓어지면서 마음을 열 수 있는 반경도 커졌다. 학년이 바뀔 때마다 만나는 새 친구들, 선생님, 이사한 집의 경비 아저씨까지 낯선 사람을 만나는 상황이 늘어났고 나는 점점 태연해졌다. 쑥스럽긴 해도 더 이상 숨지 않았고 사회에 나와서는 여러 사람과 어울리고 협업하는 일에도 재미를 붙였다. 우연한 계기로 만나 함께한 사람들과 오랫동안 좋은 관계를 맺게 되는 경험이 늘어 가면서 마음을 여는 것에 관대해졌다. 그래서인지 이제는 처음 보는 사람과도 제법 편하게 웃으며 대화를 나눈다. 아직은 낯선 그가 나의 잠재적 행복이 될 수 있다는 생각에서다.

그럼에도 여전히 어려운 건 도움을 요청하는 일이다. 오히려 어릴 때보다 몇 배는 더 어려워진 것 같다. 낯을 가리기 때문이 아니다. 이제는 갈피 잃은 눈을 하고 있어도 먼저 도움의 손길을 건네는 어른이 많지 않다. 내가 그 어른이기 때문이다. 어른은 치사하게도 다른 어른을 쉽게 도와주지 않는다. 혼자 살고, 혼자 돈을 벌고, 혼자 밥을 먹고, 혼자 결정을 내리고, 그런 나를 책임지는 것. 모든 일이 누군가의 도움 없이 나 혼자 해야만 하는 일처럼 느껴진다. 도움을 바라는 마음을 티 내는 것도 이제는 어렵다. 그래서 속으로만 외친다. 도움! 도움 알림! 여기 도움이 필요한 사람이 있습니다!

감기에 걸려 목이 퉁퉁 부어오른 아침에야 비

로소 내가 이렇게나 침을 자주 삼키며 살고 있다는 걸 알게 되는 것처럼 혼자라는 생각도 찬바람이 훑고 가듯 문득 뒤통수를 스친다. 그건 주변에 나를 보살 피고 챙겨 줄 누군가가 있고 없는 그런 사실과는 전혀 관계가 없다. 다른 이와 나눠 들지 못하고 혼자서 짊 어져야 하는 것이 눈앞에 또렷이 놓일 때가 있다.

유학 시절, 뼈아픈 혼자의 순간을 맞았다. 가 을 학기에 사진 수업을 들었는데 첫 번째 과제로 거리 에 나가 사람들을 찍어 와야 했다. 주말에 해가 뜨자 마자 어깨에 카메라 하나를 달랑 메고 밖으로 나갔다. 외국 사람들은 초면인 사람과도 대화를 곧잘 나누곤 하던데, 가끔은 구면인 사람과도 대화 나누는 일이 고 역인 내가 잘할 수 있을지 의구심이 들었다. 당신 사 진을 찍어도 되겠냐고 정중히 묻는 연습이 필요했다. 지하철을 타고 가는 내내 뱉을 말을 연습했다. 그래도 긴장이 안 풀렸다. 그러다 정말 아무 역에 내렸고, 나 는 어느새 맨해튼 미드타운 한복판에 서 있었다. 이 제 어떤 사람을 찍어야 할지, 어떻게 말을 걸어야 할 지 망설이다가 해가 졌다. 그날은 결국 아무것도 못한 채로 집에 돌아왔다. 다음 날 또다시 밖으로 나갔다. 벤치에 앉아 있는 머리가 희끗한 할머니 한 분이 눈에 들어왔다. 겨우 용기를 내서 살며시 다가가 웃으며 나의 이름을 말하고, 다니는 학교와 주어진 과제에 대해 차근차근 설명했다. 그리고는 할머니의 사진을 찍어도 되겠냐고 정중히 여쭈었다. 여기까지가 내가 이틀 동안 준비한 멘트였다. 하지만 단번에 No라는 답변이 돌아왔다. 예상에 없던 답변이었다. 무안함에 얼른 고개를 끄덕이고 돌아서서 한숨을 크게 쉬었다. 한번 거절당하고 나면 오기 같은 것이 생길 줄 알았는데 그 다음은 더 어려웠다. 두 번째로 허락을 구해 본 사람에게도, 다시 용기를 내 세 번째로 말을 건 사람에게도 모두 거절을 당했을 때 더 이상은 못 하겠다는 생각이 들었다. 이 사무치는 외로움이 어디서 오는지 모르겠어서 공원 잔디에 털썩 주저앉아 한참 동안 눈을 껌뻑였다. 그때 찍은 사진에는 결국 모르는 사람들의 뒷모습만 남았다. 몰래몰래 사람들의 뒷모습을 찍으면서 세상 누구도 나를 봐주지 않는 듯한 기분을 느꼈다. 광활한 미국 땅 위에 까만 점처럼 홀로 선 외국인 하나. 모두가 그 점을 비껴가는 것처럼 느꼈다. 정말 그렇게 느꼈다.

2017년 1월. 그해 가장 추웠던 날에는 혼자 여행을 갔다. 여행 직전 두 달이 넘는 시간 동안 영상 하나를 완성하기 위해 싸웠고, 초점 잃은 눈동자로 하루하루를 보내던 중이었다. 편집을 절반 정도 마친 새벽, 회사 소파에 잠시 누웠는데 몸이 바닥으로 더 바닥으로 계속해서 꺼지는 듯했다. 일하다 죽은 귀신은 때깔도 별로라는데 확실히 지금 죽는 건 진짜 별로일 것 같다고 생각했다. 회사 괴담에 나오는 귀신 1호 역할을 하기엔 역부족인 몰골이었다. 게다가 편집도 다 못 끝냈으니 명예롭지 못한 죽음이 될 게 뻔했다. 이 소파에서 영원히 잠든 나를 발견하는 첫 출근자는 누구일까. 누군진 몰라도 미안하게 됐다. 다 못한 편집도 미안해. 이런저런 생각을 하다 뭐에 놀란 것처럼 허억 하고 눈을 떴는데 어느새 4시간이 지나 있었다. 꿀꺽꿀꺽 찬물을 들이켜고 세수를 했다. 작업이 끝나면 어디로든 떠나야겠다고 젖은 얼굴을 닦으며 생각했다. 편집실에 들어가 최저가 항공권 예매 사이트에 접속했다. 앞으로 한 달 뒤. 난생처음 혼자 여행할 곳으로 어디가 좋을까. 그렇게 둘러본 지 10분도 안 되어 결제를 마쳤다. 베네치아행 티켓이었다.

최대한 멀리 가고 싶다는 생각만 가지고 경황없이 끊은 티켓이다 보니 도착 시간이 몇 시쯤인지도 몰랐다. 마르코 폴로 공항에 내려 시내버스를 타고 베네치아에 도착했을 땐 이미 한밤중이었다. 겨우겨우 캐리어를 끌고 숙소 앞에 거의 다 왔을 때 갑자기 핸드폰이 꺼졌다. 키를 받으려면 숙소 주인과 연락을 해야 하는데. 이대로 오늘 밤에 숙소에 못 들어가면 어쩌지 덜컥 겁이 났다. 근처에 아직 문을 연 가게가 있는지 찾아보기 위해 캐리어를 끌고 울퉁불퉁한 베네치아의 돌길 위를 30분 정도 헤맸다. 거리는 깜깜했고 아무도 없었다. 고요한 가운데 캐리어 바퀴 굴러가는 소리만 크게 울렸다. 터덜터덜 걸으며 왜 나에게 이런 일이 일어난 걸까 생각했다. 이미 지칠 대로 지친 상태로 여기에 왔는데 세상 누구도 나를 도와주지 않는구나. 한숨이 쏟아져 나왔다. 비행기를 타기 전 나는 정말로 지쳐 있었다. 최선을 다했음에도 만족스러운 결과를 얻지 못해서 조금 외로웠다. 그때야말로 혼자라는 기분을 피부에 닿은 듯 생생하게 느꼈던 것 같다. 별안간 넘어졌다가 일어나 보니 온몸에 모래가 묻어서, 털어도 털어도 속 시원히 털리지 않는, 찝찝하고 메마른 기분 속에 갇혀 있었다. 그런 생각을 하며 한참을 땅을 보고 서 있는데 저 멀리서 수염이 덥수룩한 이탈리안 할아버지가 걸어오는 게 보였다. 한 손에는 샴푸와 생수 같은 기본적인 편의 물품이 담긴 바구니를 들고, 또 한 손에는 열쇠 한 자루를 들고. 온 거리가 빛날 듯 환하게 웃으며 나를 향해 다가와 물었다. You? Kim?

할아버지를 보는 순간 비행기를 타기 전에 느꼈던 서러움까지 한꺼번에 사라졌다. 할아버지는 내가 하도 연락이 없어 창밖을 내다봤는데 캐리어 끄는 소리가 나서 내려와 봤다고 했다. 핸드폰이 꺼져 버렸다고, 그래서 너무 걱정했다고, 안도의 숨을 내쉬며 하소연했더니 할아버지는 껄껄 웃으며 오 세뇨리따, 노 프라블럼 노 프라블럼 하고 말했다. 그러곤 아무 말 없이 내 캐리어를 옮겨 들고 무거운 현관을 활짝 열더니 웰컴! 하며 안내해 주었다. 나는 여행하는 내내 그 무거운 현관을 온몸으로 낑낑 열고 닫으면서 할아버지의 푸근한 웃음을 떠올렸다.

　　일을 할 때도 할아버지의 웃음 같은 존재가 언제나 있었다. 작업한 영상 말미의 크래딧에 '미술감독 김지원'이라는 글자가 새겨져 있으니 내가 한 미술이라고 말하고 다닐 수 있게 되었지만 사실 그건 나 혼자 한 게 아니었다. 초보였던 시절엔 특히 그랬다. 촬영을 앞둔 현장에서 소품도 시간도 모자라서 모두가 나를 도왔던 적도 있다. 내가 머릿속으로 임시방편책을 구상하는 동안 다른 스태프들이 대신 밤새 페인트칠을 해 주고 필요한 소품을 사다 주기도 했다. 락카칠을 하고 있으면 입에 김밥을 넣어 줬고, 쪽잠을 권하며 그동안 대신할 수 있는 일이 없는지를 물어봤다. 촬영감독님은 내가 효율적으로 미술 세팅을 할 수 있도록 미리 앵글을 잡아 주었고, 조명감독님은 내가 만든 세트가 제 색을 내면서 다른 것들과 조화롭게 자리할 수 있도록 애써 주었다. 한 회차의 촬영이 끝날 때마다 와, 역시 죽으라는 법은 없다, 하면서 박수를 쳤고 금세 또 와, 죽겠다, 하면서 다음 세트를 만들었다. 열흘 동안 촬영을 진행하면서 무려 4킬로가 빠졌는데 이상하게 기분이 좋았다. 두 번은 못 할 최악의 상황임이 분명했는데 돌이켜 보면 인상 한번 쓴 일이 없었다. 열흘간의 촬영이 끝나고 마지막 컷 소리가 나자마자 "수고하셨습니다!" 외치며 스태프 한 명 한 명과 포옹했다. 누군가 "야 지원이 운다!" 하고 외쳤는데, 그때 그 농담이 아니었다면 정말 엉엉 울었을지도 모른다.

운 좋게도 그런 촬영 현장들이 이어졌다. 굳이 말하지 않아도 도움이 필요한 마음을 알아채는 사람들이 있었다. 도와주셔서 감사하다는 말을 건네면 돈 받고 하는 일인데요 뭐, 이게 제 일인데요, 말하면서도 그 이상의 마음을 써 주는 어른들이었다. 좋은 사람들과 함께하는 좋은 현장을 경험하면 완성한 작업물 이상으로 남는 것이 생겼다. 그런 작업물을 볼 때면 함께한 사람들이 남긴 상냥한 기억이 같이 떠오른다.

누군가에게 말과 말 사이의 언어 같은 존재가 되고 싶다는 생각을 한다. 어렵고 낯설고 불확실한 상황 앞에 놓인 누군가의 옆에 언제나 든든히 서 있는,

그런 어른이 되고 싶다. 잘 모르는 일을 대할 때의 불안함마저 사랑할 수 있게 된 것은 같이하는 사람들이 옆에 있다는 사실을 잘 알았기 때문이었다. 내가 받은 상냥함과 든든함을 갚으며 살고 싶다. 혼자 해서는 완전할 수 없음을 기분 좋게 인정하게 하는 사람들이 곁에 있어서 다행이다. 혼자 또 같이 할 앞으로가 계속해서 기대되는 이유다.

형태가 없는 나에게

(싸움 153일째/
휴전 선언)

나는 교실에 앉아 있다. 그리고 당장 10분 뒤에 시험을 봐야 하는 상황에 놓인다. 그때마다 나는 아무것도 공부하지 못한 상태다. 다급한 채로 머릿속은 새하얗다. 이리저리 둘러봐도 당장 내게 필요한 것은 보이지 않는다. 책상 서랍에 손을 넣어 휘저어 보지만 텅 비어 싸늘할 뿐이다. 앞에 앉은 얼굴 없는 친구에게 겨우겨우 교과서를 빌려 무엇이든 외운다. 그러다 눈 깜짝할 사이 내 앞에 시험지가 놓인다. 불현듯 망했다는 생각이 들어 이마를 짚는다. 사진 찍는 사람의 앞에 세 개의 만두가 놓여 있습니다. 만두를 놓고 간 사람이 집에서 출발한 시각과 사진이 찍힌 시각 사이의 거리를 구하시오. 시험 문제를 읽고 또 읽어도 이해가 되질 않는다. 이게 수학 문제인가? 아님 물리? 분명 함정이 있는 문제다. 아 아닌가. 심플하게 접근해 보자. 그렇게 무슨 말인지 모르겠는 시험 문제를 눈앞에 두고 연신 연필만 돌려 대다가 꿈에서 깬다. 꿈인 줄 알면서도 자다 깬 얼마간은 마음이 불편하다.

이런 꿈을 자주 꾼다. 자다 깨서 비몽사몽일 때 종종 남겨 놓는 '꿈 메모장'에는 학교라는 단어가 빈번하게 등장한다. 한번은 모든 지문을 내 초등학교 일기 문체로 바꾸어 쓰라는 주관식 시험지를 받은 적도 있다. 시험이 있는 날인데 지각을 해서 교실까지 달려가는 꿈도 꿨다. 그렇게 교실 문을 열면 아무도 없거나 모르는 사람들이 앉아 있는 경우가 다반사다. 꿈에서 보는 교실의 풍경은 언제나 한결같다. 매번 비슷한 꿈을 꾸면서도 내가 지금 학교에 다닐 리 없다는 사실을 자각하지 못한다. 내가 만든 허상에 내가 속는, 그런 허탈한 경험은 당연하게도 내가 처한 현실과 맞닿아 있다. 해야 할 일이 많은데 시간이 없어 쫓기거나 큰 부담감을 짊어진 시기에 유독 그렇다. 그럴 땐 어김없이 교실에 앉아 있는 꿈을 꾼다. 학교생활이 힘들었던 것도 아니다. 시험 때문에 무지 긴장을 했다거나 시험을 못 보면 부모님께 혼이 났다거나 정말로 시험이 있다는 걸 까먹는 실수를 한 적이 있었다거나. 아무리 생각해 봐도 그런 사건은 없었는데 나는 자꾸만 시험을 앞두고 공부를 하나도 하지 않아 초조한 나를 꿈에서 만난다.

대비할 수 없는 일이나 나의 통제를 벗어난 일에 대해 불안을 느낀다는 사실을 알게 된 건 사회에 나와 일을 하면서였다. 책임질 일이 많아질수록 반드시 스스로 해결하겠다는 고집도 함께 커졌는데, 그게 불안을 만들었던 것 같다. 뭐든지 혼자서 그럴싸하게 마무리하고 그 결과물을 나를 포함한 누군가에게 확인받으려고 했다. 나는 내 결과물이 그럴싸하지 않을까 봐 언제나 불안했다. 사실은 나라는 사람이 그럴

싸하게 보이지 않을까 봐 더 불안했다. 누군가를 실망시키는 것 혹은 내가 나에게 실망하는 것이 무서워서 불안했다. 불안을 드러내고 그림자를 보이는 일은 체면을 구기는 일이라고 생각해서 티도 내지 못했다. 불안으로 가득한 꿈을 열심히도 꾸는 건 그 때문일까.

회사를 그만두고 매일 나와 싸우고자 했던 이유도 비슷할 것이다. 오랜만에 주어진 휴식에도 조급했다. 내가 만나고 싶은 나를 천천히 발견해 가는 시간이 필요하다고 생각하면서도 그렇게 하지 못했다. 자꾸만 내 안의 돌을 깎고 깎아 어떤 형태로든 만들기를 바랐다. 깎아 낸 돌을 들어 보이며 이게 나라고 말할 수 있기를 바랐다. 하지만 그런 일은 일어나지 않았고, 스스로를 그럴듯하게 정의할 수 없다는 사실이 너무 불안해서 나는 깃발을 들었다. 나와 하는 싸움에서 얻은 작은 승리의 깃발들이 얼마간 나를 안심시켰지만 그 안정이 오래가지는 못했다. 무엇을 위해 싸우는지, 누구를 위한 싸움인지 알 수 없었다.

밖으로 나갔다. 싸움에 대해 생각하지 않으면 싸워야 한다는 마음도 들지 않을 것 같았다. 사람들을 만나고 이야기하고 끊임없이 움직이고 노는 생활을 반복했다. 잠시 휴전을 선언하고 잘 놀고 잘 먹으니 점점 잘 살아지는 것도 같았다. 놀겠다는 마음을 먹었다면 눈코 뜰 새 없이 놀아 젖혀야 진짜 놀아진다는 사실도 알게 되었다. 한동안 집에 머무는 일이 거의 없었다. 여기저기 돌아다니고 나니 마음의 공간이 한 치 넓어졌다. 어쩐지 안 해 본 일들도 해 보고 싶어지는 듯했다. 예전 같았으면 부담스러워했을 친구의 제안도 '그래, 해 보지 뭐' 하는 마음으로 받아들일 수 있을 것 같았다. 여전히 불안한 마음도 있었다. 하지만 가볍게 안고 갈 수 있을 정도의 무게라고 느꼈다. 생각보다 살 만하네. 노는 동안 가장 많이 떠올렸던 말이다.

지난달에는 도쿄에 여행을 다녀왔다. 도쿄아트북페어가 열리는 시점에 맞추어 갑자기 가게 된 여행이었다. 술자리에서 친구가 여행을 제안했는데 듣자마자 반드시 가겠다고 했다(고 한다. 만취였기 때문에 사실 기억이 안 난다). 그렇게 몇 주 뒤 정말로 비행기를 탔다. 날씨가 좋아서 외투도 입지 않은 채로 12월의 일본을 걸어 다녔다. 그곳의 아침 거리를, 비슷한 색 건물들의 정갈하고 온화한 풍경을 걸으며 일본이라는 나라의 분위기를 좋아했던 이십 대 초반의 나를 떠올렸다. 조금의 여유라도 생기면 일본행 티켓을 끊어 현지인도 잘 가지 않는 시골 구석구석까지 찾아다녔던 나. 일본 문학과 영화에 심취해서 이것저것 사 모았던 기억도 났다. 그땐 일본에 살아 보고 싶다는 생각을 자주 했다. 생각만 하고 엄두를 못 냈었는데 이번엔 어쩐지 더 강력한 충동을 느꼈다. 더 나이 들기 전에 한 번쯤은 시도해 볼 법한 소망이라는 생각이 들었다. 일본어를 공부하고 여기서 살아 볼 방법을 찾아서 다시 와야지. 그리고 한국에 돌아온 날 집에 있던 일본어 책을 바로 펴 들었다. 그토록 즉흥적으로 움직이는 내가 웃겨서 잠들기 전엔 헛웃음이 났다.

일본에서 돌아온 지 이틀째 되던 날에는 친구들이 사는 고성으로 갔다. 신나게 노느라 마무리하지 못한 원고들이 나를 애타게 기다리고 있어서 친구들이 꾸며 놓은 아름다운 별채를 나흘간 빌렸다. 그 별채는 미음자 구조에 가운데 중정이 있는 집이라 네모하우스라 불렀다. 나는 네모하우스에 머무는 동안 집중해서 글을 쓰고, 글이 막힐 땐 바로 앞에 있는 공현진 바다에서 바람을 쐬는 호사를 누려 볼 계획이었다.

"할 일 많으면 진짜 단호하게 거절해. 아니면 우리가 계속 부른다!"

새벽부터 차를 달려 고성에 간 첫날 친구가 말했다. 그리고 나는 당연히 단호하게 거절하지 못했다. 첫날은 고성 이곳저곳에 끌려다니며 새로운 친구들을 만나 인사를 나누고 밥을 먹었다. 그 외의 시간에는 마치 유배당한 문인처럼 네모하우스에 갇혀 글을 썼다. 밥때가 되면 "학생 밥 먹어" 하고 문자가 와서 친구네 집으로 건너갔고, 어떤 오후에는 네모하우스 앞에 서 있는 친구의 차에 탑승해 외식을 하러 갔다. 하루는 아침 일찍 일어나 혼자 바다로 나갔다. 찬 공기에 뜨겁게 타는 해를 보면서 온천수에 몸을 담갔다 나온 듯한 개운한 기분을 느꼈다. 동시에 고성이라는 낯선 동네에 발을 딛고 몇 년 새 터를 잡은 사람들과 자기만의 이야기를 만들어 가고 있는 친구들의 맑은 얼굴이 떠올랐다.

넷째 날 정오에 글쓰기를 마쳤다. 적당히 내 시간을 주면서도 틈틈이 고성의 재미를 챙겨 준 노련한 친구들 덕에 의외로 시간을 잘 나눠 쓰게 됐다. 기대한 것보다 빨리 원고를 마무리하고 가벼운 마음으로 외출했다. 고성에 산다는 건 이런 것이겠구나 싶었다. 각자 할 일을 하다가 함께 바다를 보고, 시간이 맞으면 서로의 집에 모여 같이 밥을 먹고, 어제 만났던 동네 친구들과 또다시 만나서 일상을 나누고. 눈에 보이는 식당과 카페마다 들어가서 한참 수다를 떨고 나오는 친구를 보는 게 웃겼다. "야, 너 진짜 여기 40년 산 동네 아저씨 같아." 친구는 한쪽 주머니에 손을 찔러 넣고 허허 웃으며 나를 봤다. "아저씨 맞아." 그 모습이 더 웃겨서 같이 웃었다.

언젠가 나도 고성에 내 집을 꾸며 놓고 살 수 있다면 좋겠다는 이야기를 꺼내자 친구 하나가 부동산

명함 한 장을 건넸다. 마치 드라마처럼 마시던 음료를 탁 내려놓고 그길로 친구와 함께 속초에 있는 부동산으로 향했다. 부동산에서 소개해 준 집은 속초의 오래된 아파트들이었다. 대부분 지어진 지 30년이 넘었고, 서울과 달리 주차장이 아담하지만 오히려 차 댈 곳이 많은 조용한 동네. 몇 개의 집을 구경하는 동안 해가 지면서 아파트 복도에 빛이 예쁘게 들었다. 나는 아무도 살지 않는 집에 실례하는 마음으로 들어가 사진을 찍고, 괜히 수돗물도 몇 번 틀어 보면서 당장이라도 이사할 사람처럼 진지하게 고민했다. 다른 환경에서 새롭게 시작하는 생활은 상상하는 것만으로도 가슴이 뛰었다.

지난주엔 일본, 오늘은 고성이라니. 예전 같았으면 뜬금없는 결심만 반복하는 내가 싫었을 텐데 이번엔 그렇지 않았다. 되레 활기처럼 느껴져 좋았다. 다정한 친구들 덕에 며칠 새 새롭게 접하게 된 것이 많았다. 아무것도 모르는 채 경험하게 되는 일들에 재미를 느꼈던 시절을 재회한 기분이었다. 잘 모르는 일만 하고 싶었던 시절이 있었지. 그걸 불안으로 느끼지 않던 시절이 있었지. 다음 주에는 하고 싶은 것이 또 하나 생겨날지도 모른다. 서울로 돌아오는 차 안에서, 하고 싶은 것들 중에 내가 할 수 있는 것을 천천히 해 나가야겠다고 조용한 다짐을 했다.

아직 활기 있는 상태인 나는 요즘 불안을 조금 잊고 산다. 그리고 형태가 없는 것에 대해서 자주 떠올린다. 자꾸 모양을 바꾸며 움직이는 것들에 대해 생각한다. 형태가 없는 것들은 아름답다. 나는 형태가 없는 것을 쳐다보는 일이 좋아서 해변에 오래도록 서서 파도가 움직이는 모양을 구경한다. 불 앞에 서서 그것이 사그라들지 않도록 계속해서 장작을 더하고 긴 시간 바라본다. 형태가 없는 것들은 정말 정말 정말 예쁘다. 계속 지켜보고 있어도 지루하지 않아서 끈질기게 들여다보게 된다.

형태가 없는 나에 대해 생각한다. 나의 모양은 다른 사람들보다 빠르게 변해서 어떤 모양이 진정 나의 것인지 알 수 없다. 알 수 없다는 사실을 받아들이기까지 너무 오랜 시간 생각했고, 아마 앞으로도 이를 계속해서 받아들이며 사는 것이 나의 숙명일 것이다. 나는 사는 동안 최대한 방어하지 않고 내게 다가오는 것들에게 자리를 주기로 한다. 불확실성의 진가를 알아보기로 한다. 그리고 나를 포함한 모두가 자신의 형태를 다른 사람에게 묻지 않고 각자의 모양대로 잘 살았으면 좋겠다고 생각한다. 누구든 누구에게나 각자의 형태를 알기를 강요하지 않았으면 하고 바란다. 누구든 성공의 형태나 행복의 모양이 하나인 것처럼 말하지도 않았으면 한다. 나무 같은 사람, 불 같은 사람, 얼음 같은 사람, 흙 같은 사람, 나무 같기도 불 같기도 한 사람, 그 무엇도 아닌 사람. 형태가 없는 사람. 무엇도 아닌 모양이어도 괜찮은 사람. 최대한 많은 모양을 떠올리면서 모두가 서로를 여과 없이 바라볼 수 있게 되기를 바란다. 형태가 없는 나에게. 바란다. 불안하지 않은 마음으로 내가 나를 바라볼 수 있기를 바란다.

어떤 약속 01

몇 년 전까지도 나는 말을 잘하는 사람이 되고 싶었다. 듣는 이의 심장을 후벼 파는 그런 유려한 스피치까지는 아니더라도 내 생각과 느낌을 명확히 말할 수 있는 재주를 갖고 싶었다. 어느 시상식에서 '차려진 밥상을 맛있게 먹기만 했을 뿐'이라는 표현으로 다수에게 깊은 인상을 준 황정민처럼 나도 적절한 비유를 활용해서 잘 말하고 싶은 소망이 있었다. 아니다. 다시 생각해 보니 황정민 정도를 바란 것도 아니었던 것 같다. 그저 누군가에게 내 생각을 제대로 전달할 수 있을 만큼만 바랐다.

이 간절한 소망의 발단은 어느 회의록에서 시작됐다. 아이디어 회의를 녹음한 적이 있었는데 다시 들어 보니 세상에, 내가 말을 너무 못하는 것이었다. 일단 단어를 고르는 데 시간을 상당히 많이 썼다. 라디오에서는 3초간 정적이 흐르면 방송 사고로 여긴다는데, 그 회의에서는 내가 말을 시작하기만 하면 계속 사고였다. 그 약간…이라는 표현을 한 문장에 세 번씩 사용하기도 했고, 음… 어… 하더니 한참 아무 말을 안 하기도 했다. 듣는 나도 나를 못 견디겠는데, 이 음성 너머에서 내 말이 끝나기만을 기다리고 있을 사람들을 생각하니 미안해졌다. 회의록을 다 듣고 나서 오래 탄식했다. 아니 이 정도인가? 하며 그 사실을 부정하고 싶었다. 혹시 내가 잠이 덜 깬 상태인가? 아, 오

전이라 말이 좀 안 나왔나 보다, 하고 믿고 싶어서 녹음된 시간을 확인했다. 오후 5시 26분이었다.

아무튼 말하기는 나에게 너무 어려운 행위다. 단어 하나를 사용할 때도 제법 시간을 써서 고심할 수 있는 글쓰기에 비해 말하기는 나를 자주 당황스럽게 한다. 말로 뱉을 적절한 단어를 고르느라 음… 어… 하고 시간을 쓰는 동안 누가 날 쳐다보고 있는 것이 부담스럽기도 하거니와 음… 어… 하는 과정을 거치더라도 결국 머릿속에 떠오른 막연한 이미지를 대치할 만한 표현을 찾지 못하는 경우가 다반수다. 나의 말하기는 한마디로 비효율적이다. 손가락 하나를 설명하기 위해 열 손가락이 다 필요한 격이다. 최대한 비유해서 말하려고 하거나 은유적인 표현을 찾느라 에너지를 많이 쓴다. 보다 명확한 설명을 하기 위해 구구절절 장황하게 이야기한다. 여기에 잉여 표현은 필수 옵션이다. 어… 약간… 예를 들면… 막… 그러니까… 살짝… 어… 조금… 이런… 느낌? 같은 말을 듣는 사람도 아마 무지하게 피곤할 것이다.

머리에 떠오르는 것을 다른 사람에게 설명하는 일. 느낌을 언어로 표현하는 일은 왜 이토록 어려울까. 언어라는 이 사회적 약속을 한때는 정말 괴로운 것이라 느꼈다. 수많은 감각들이 언어라는 깔때기에 걸러져서 반드시 하나의 표현으로 귀결되어야 하는 것이 답답했다. 게다가 같은 단어를 말해도 서로 생각하는 의미가 다를 때가 많아서 소통의 어려움을 겪기도 했다. '재미'나 '새로움'처럼 개인의 주관적 관점이 개입될 수밖에 없는 표현들은 더 그렇다. 책을 많이 읽고, 지금보다 쓸 수 있는 단어가 많아진다면 해결될까 생각도 해 봤지만 결코 그 문제가 아닌 것 같았다. 애초에 언어는 모든 것을 표현할 수 없다. 그럼에도 나는 자꾸 말 못 하는 내가 답답했다. 언어로 표현되기 힘든 것들을 자꾸만 언어로 표현하려는 시도에서 많은 것이 막혔다. 나를 탓하는 것이 가끔은 가장 쉬운 방법이기에 그것이 나의 능력 부족이라 여겼다.

그즈음 극장과 무대 공간을 활용한 전시를 보았다. 무대 위에 설치된 어떤 공간을 이리저리 걸어 다니며 직접 체험하는 것이 그 전시를 관람하는 방법이었다. 무대 위에는 여러 방향의 창문이 나 있는 3층 규모의 박스가 올려져 있었다. 여러 갈래의 조명이 그 박스를 비췄고, 빛은 계속 방향을 틀어 움직였다. 박스 안으로 들어가 내부를 걸어 다니는 동안 크고 작은 창문을 통해 빛이 들어왔다가 사라지기를 반복했다. 동시에 알 수 없는 다양한 소리도 여기저기서 산발적으로 들렸다가 또 사라졌다. 나는 지금 어디에 있는 걸까. 공간을 걸어 다니는 동안 시시각각 다른 장면들이 펼쳐졌다. 침묵의 순간도, 어둠의 순간도, 시끄럽고 밝은 순간도 있었고 나는 그것들을 그저 느꼈다. 무대에서 내려와 극장 의자에 잠시 앉았다. 팸플릿에 적힌 전시 설명을 읽어 내려갔다. 이 모든 게 무얼 표현하고자 하는 것인지 도무지 궁금해서 견딜 수가 없었다. 전시를 보는 내내 이상한 자유로움이 느껴졌기 때문이다.

설명에 의하면 그곳은 희곡, 대사, 배우가 걷힌 무대다. 대신 그것들이 상호 작용을 알 때 발생하는 감각들, 소리와 빛만이 무대에 남았다. 보통의 무대 위에는 늘 희곡의 세계, 그 세계의 대사, 그 대사를 연기하는 배우가 있었다면 이 무대에는 그를 제외한 모든 것이 남았다. 대사를 주고받는 사이에 존재하는 침묵과 침묵 속의 비언어적 표현, 감각 같은 것. 배우들의 감정이 부딪히며 나오는 에너지, 발산된 에너지가 음악이나 조명에 힘입어 더욱 확장되었을 때 관객이 느낄 수 있는 모든 것에 대한 이야기다. 눈에 보이지 않지만 언제나 무대 위에 존재하는 감각들을 시각화한 것이 바로 이 박스인 것이다. 관객은 무대와 객석을 포함한 극장 전체와 무대 위 박스의 안과 밖을 걸어 다니며 무대에서 발생하는 비언어적 요소들을 감각적으로 느끼고, 여러 요소들의 마찰로 생겨나는 또 다른 무엇을 경험한다.

그렇구나. 이상한 안도감이 들었다. 후련함도 있었다. 언어. 가끔씩 나를 답답하게 만들었던 그 공고한 약속이 깨져 없어지는 듯했다. 언어보다 큰 세계가 존재함을 당연히 알고 있었음에도 모든 감각을 언어화하지 못하는 나를 부족하다 여길 때가 많았기에 이 경험은 위로였다. 언어는 부실해. 그 너머의 것을 다른 방식으로, 또 다른 말로 표현하는 것에 집중하자. 그리고 열심히 알아채자. 말 아닌 말들을. 손에 잡히지 않지만 온몸으로 느낄 수 있는 것들을. 건반에 없는 음 같은 것들을.

　　좋아한다는 말 없이도 좋아하는 마음은 얼마든지 표현할 수 있다. 어쩔 땐 좋아한다는 말이 무한하고 아득한 마음들을 너무 간단히 치환해 버리려는 것 같아 쓰기를 망설일 때도 있다. 언어화되지 않는 것들을 다른 방식으로 표현하는 일이 내가 하는 일 아니었던가. 어떤 공연에 대한 감상을 도저히 말로는 표현하기 어려워서 결국 그림으로 그려 낸 적도 있다. 때로는 영상에 등장하는 인물의 삶과 성격과 습관을 보여 주기 위해 세트를 짓고, 그를 잘 설명해 주는 소품을 가져다 놓는다. 언어는 아름답지만 모든 것을 담기에 때론 턱없이 부족한 약속이다. 다시 한번 생각한다.

　　이제는 더 이상 말을 잘하고 싶다고 소망하지 않는다. 그 대신 어떤 방식으로든 잘 표현하고 싶다고 소망한다. 보이는 것보다 최대한 더 많은 것을 보여 주고 싶다고 생각한다. 누구에게든 보이는 것 너머의 무엇이 있음을 알리고, 상상하게 하고 싶다고 생각한다. 다양한 방식으로 말하는 것이다. 가끔은 내가 작업하는 이미지나 공간에 문과 창문을 많이 배치하는 방법을 시도한다. 사람들은 굳게 닫힌 문 앞에 서서도 그 너머의 공간을 생각하곤 하니까. 여지없이 문고리를 잡고 이리저리 돌려 보곤 하니까. 나는 문이나 창문을 그려 넣은 덕에 눈으로 보이는 것보다 더 큰 공간들을 공짜로 얻는 효과를 누린다. 더 크게, 더 재미있게, 더 새롭게 말할 수 있는 방법을 알게 된다. 말하지 않아도 알 수 있는 것이 있다. 말 아닌 것으로 표현할 수 있는 말들이 많다. 이 사실이 얼마나 다행인지 모른다.

어떤 약속 02

"식물이 엄청 많은 곳인데 안개가 가득한 거야. 약간… 새벽 느낌의 온실?"

이 대화를 나누던 장면이 정확하게 기억난다. 새해를 맞이한 지 얼마 안 된 2019년의 추운 1월. 낮에는 사무실로 밤에는 와인 바로 운영하던 성수동 dxyz의 테라스에서 우리가 제작해야 할 영상에 대한 아이디어를 나눴다. 연출감독인 진경환과 음악감독인 김태우 그리고 나. 이렇게 셋이 어두운 바에 남아 한동안 서로 아무 말 없이 앉아 있었다. 손님이 다 나간 뒤에도 우리는 자주 dxyz에 남아 음악을 듣거나 술을 마시면서 회의 아닌 회의를 했으니 그날도 여느 때와 다를 바 없는 날들 중 하루였을 것이다.

그날 낮에는 동대입구역 쪽에 있던 어느 양말 브랜드의 사무실에서 미팅이 있었다. 영상만으로 돈 벌기가 참 어려운 시절이었는데 그렇다고 가마니처럼 가만히 있을 수만은 없다고 생각한 내가 지인을 통해 양말 브랜드 대표님에게 연락을 드렸다. "저희는 이상한 유머가 있는 영상을 만드는 제작사인데요. 혹시 저희와 협업해 주실 수 있을까요?" 그렇게 성사된 첫 미팅이었다.

협업 내용은 심플했다. dxyz는 dxyz의 이미지를 담아 양말을 디자인하고 양말 브랜드는 양말을 제작한다. dxyz는 양말 홍보 영상을 만들고 로열티를

받는다. 이 무모한 협업을 통해 얻고 싶은 것은 단 하나였다. '우리도 이런 협업을 합니다' 하고 세상에 알리는 것. 그래서 계속해서 다양한 협업을 시도하고, 화제를 만들고, 영상 아닌 일로도, 궁극적으로는 영상으로도 돈을 벌어서 또 다른 재밌는 영상을 만들 수 있는 기반을 마련하는 것. 우리는 이번 협업이 그 원대한 꿈의 시작이 되어 주기를 바랐다. 양말 브랜드 대표님은 생각보다 훨씬 쿨하게 우리의 제안을 수락했다. 이렇다 할 선례가 없어서 좋은 결과를 자신하지 못했음에도 우릴 믿어 주셨고, 재밌는 협업이 될 것 같다며 흔쾌히 양말을 만들어 주겠다고 하셨다. 이제 dxyz만의 방식으로 양말을 홍보하는 영상을 만들면 되는 거였다. 미팅을 마치고 돌아온 뒤 밤늦게까지 우리는 손님이 빠져나가 텅 빈 와인 바의 중앙을 이리저리 걸어 다니면서 이야기를 나눴다. 광고의 형태를 갖추면서도 우리의 방식을 잃지 않는 재밌는 영상을 만들 방법에 대해서. 분명 광고이긴 하나 이야기와 유머가 있는, 콘텐츠로서도 완벽한 영상에 대해서.

당연히 그런 영상은 쉽게 만들어지지 않는다. 기적처럼 한 번에 만족스러운 아이디어가 나온다면야 좋겠지만 애초부터 그런 식의 요행을 바라면 아이디어를 생각하는 일 자체가 괴로워진다. 지금부터 콘텐츠 기획 회의를 시작합니다! 하고 작정하고 앉아 있는다고 해서 아이디어가 줄줄 뽑혀 나오는 것도 아니다. 그날도 우리는 그저 공간을 이리저리 걸어 다녔다. 다 듬어지지 않은 생각과 그때그때 떠오르는 말들을 곧바로 주고받았다. 그런 자리에서는 각자의 방식으로 최대한 아무 말을 하는 것이 도움이 된다.

논리와 형식을 기반으로 아이디어를 만들어 나가길 좋아하는 진경환은 우리가 이미 잘 알고 있는 콘텐츠의 형식이나 규칙 같은 것을 조금 다르게 비틀어 보는 방식을 쓰곤 했다. 그의 아이디어는 항상 "예를 들면 주인공이 9시 뉴스를 진행하고 있는데, 양말이 도난당한 사건이 나오는 거야. 이다음 내용은 아직 몰라" 같은 아무 말로 시작된다. 뉴스라는 매체가 가진 특유의 형식에 어떻게든 양말을 껴 넣는 시도를 해 보려는 것이다. 가끔 이런 시도가 재밌게 잘 맞아떨어지면 사람들에게 익숙하면서도 동시에 새로운, 그야말로 '뭔가 다른' 영상을 만들어 낼 수도 있다. 반면 이미지적인 접근으로 기획하기를 좋아하는 나는 특정 공간의 역할이나 성질, 뉘앙스 같은 것을 상상하고 거기에 뭔가를 추가하는 방식으로 아무 말을 한다. "예를 들면 비행기 활주로인데 중앙에 두 여자가 누워 있는 거야. 그리고 바람이 엄청 불어. 막 머리카락도 다 뒤집어지고. 그러다 저 멀리서 양말 한 짝이 날아오는 거야. 이다음은 아직 몰라." 구상하는 방식은 달라도 진경환과 비슷한 맥락의 접근이다. 우리가 잘 아는 어떤 공간의 역할에 작은 미시감을 주는 요소를 부여해서 낯설게 하는 방법. 하지만 이 또한 정말 잘 맞아떨어져야만 재밌는 영상이 나온다.

아무튼 이렇게 아무 말들을 계속해서 주고받는 것이 우리의 회의 방식이었다. "예를 들면"으로 시작한 문장은 대부분 두 줄도 채 완성되지 못하고 끝나기 일쑤였고, 다음의 다음으로 뻗어 나가지 못한 우리의 아무 말들은 한동안 허공에 둥둥 떠 있곤 했다. 이마저 안 되면 단어를 마구 뱉어 내기도 했다. 고속도로, 광어, 피씨방, 명이나물, 갈비뼈, 몰라, 두발자전거, 도수치료, 발바닥…… 영업이 끝난 바에 흘러나오는 궁극의 플레이리스트를 감상하는 것으로 머리를 환기하면서 그날도 아무 말을 떠올리며 이리저리 걸어 다니는 중이었다.

그러다 어떤 음악이 재생되자 모두가 어? 하고 멈추는 일이 발생했다. (연금복권 당첨 확률 정도로 흔치 않은 일이다) 폴 마틴의 〈Le Troublant Témoignage de Paul Martin(폴 마틴의 충격적인 증언)〉이라는 곡이었다. 이 음악은 도입부에 프랑스의 중견 배우 장 피에르 카스탈디의 묵직한 저음 내레이션이 깔린다. "Jem'appelle Paul Martin, j'ai 34 ans, je suis célibataire…(제 이름은 폴 마틴입니다. 저는 34세이고, 싱글입니다…)" 마치 영화의 대사 같기도 한 몇 마디 내레이션이 끝나면 오묘한 분위기의 반주가 천천히 흐르고, 그때부터는 장 피에르 카스탈디의 음성이 마치 노래처럼 반주와 어우러진다. 중독성 강한 코러스 라인도 중간중간 등장해 음악의 무드를 잡는다. dxyz의 플레이리스트에 항상 들어 있던 음악인데도 그때만큼은 새롭게 들렸다. 뭔가 힌트를 얻을 수 있을 것 같다는 좋은 예감이 들었다.

"자, 예를 들면, 첫 신에 머리가 희끗한 노신사가 화면으로 천천히 걸어 들어오는 거야. 그리고 갑자기 카메라를 보고 내레이션을 시작하는 거지. '옛날 옛적에, 두 여자가 있었습니다' 그러고는 의자에 앉아서 시선을 바꿔. 〈그것이 알고 싶다〉 김상중처럼. 그리고 계속 말하는 거야. 고전 설화 들려주듯이. 무슨 느낌인지 알지."

노신사의 내레이션으로 아이디어의 물꼬를 트자마자 이야기가 다음의 다음으로 이어졌다. 진경환은 노신사의 표정이나 동작 같은 것을 흉내 내면서 연출적인 구성을 구상하기 시작했고 양말이 어느 틈에 어떤 방식으로 녹아들면 좋을지 고민했다. 가만히 듣고 있던 음악감독 김태우는 노신사의 내레이션에 맞추어 두 여자가 춤을 추는 장면을 상상했다. 그리고 그 장면에 어울릴 음악을 떠올리며 흥얼대기 시작했다. 나는 그들이 서 있는 공간의 분위기를 머릿속에 그렸다. 신비롭고 미스터리하면서도 아름다운 공간. 무언가에 홀려도 이상하지 않을 공간. 그러자 등장인물들이 빽빽한 식물들 사이에서 걸어 나오는 장면이 그려졌다. 그들이 조금씩 움직일 때마다 푸르스름한 안개가 걷혔다. 축축한 공기 너머로 새카만 연못이 펼쳐졌다. 그리고 그 앞에 서서 춤을 추듯 움직이는 두 여자가 보였다.

다음 날 전체적인 분위기만 잡힌 아이디어를 들고 작가 소경섭에게 갔다. 소경섭은 전날의 우리처럼 머리를 싸매고 이리저리 걸어 다녔다. 그러다 멈추곤 좋아하는 초코 과자를 먹고 또 걸어 다니는 식으로 한나절을 고민하더니 우리가 익숙히 알고 있던 클리셰 하나를 가져와 거기에 양말이라는 소재를 녹였다. 정말 간단했고, 직관적이었고, 새로웠다. 무엇보다 이상했다.

"믿습니까! (믿습니다) 신습니까! (신습니다)"

아름다운 설화를 나지막이 읊었으면 했던 노신사의 역할은 어느새 양말을 예찬하는 교주로 바뀌어 있었지만 그 덕에 노신사는 더욱 확실한 얼굴을 가지게 됐다. 영상 초반에 그는 그의 앞에 등장한 두 여자에게, 그들이 모르는 어떤 크나큰 진실을 알려 줄 것처럼 굴며 애를 태운다. "여러분 정말 진실을 알기를

174

원합니까?" 그러다 어느 순간 그 모든 진실은…… 바로 이 양말 속에 있다고 말한다. 본인이 신고 있는 양말을 가리키면서. "양말은 항상 우리를 감싸 주십니다. 양말은 가장 아래에서 우리를 위해 희생하십니다." 그러니 양말 한번 신어 보라고, 이 양말을 신으면 모든 것이 해결된다고 말이다.

"양말 한번 신어 봐. (chorus)"

이 영상을 릴리즈하는 날 80명가량의 사람들을 dxyz로 초대해서 '최초 상영회'라는 것을 열었다. 유례없는 일이었다. dxyz의 영상을 꾸준히 좋아해 준 팬분들과 양말 브랜드 대표님을 모셨다. 기대하는 얼굴을 한 대표님과 인사를 나누고 나니 그제야 우리가 너무 괴상한 영상을 만든 것은 아닌지 걱정이 밀려왔지만, 다행스럽게도 대표님은 멀리서도 웃음소리가 들릴 정도로 박장대소를 하셨다. 대체 뭔지 모르겠지만 그래서 영상이 마음에 든다는 답변이었다. 실제로 그 자리에 있던 모두가 비슷한 표정으로 영상을 봤다. 나는 이렇게 많은 사람이 우리가 만든 영상을 본다는 사실이 너무 떨려서 눈 둘 곳을 못 찾다가 결국 스크린 옆의 안 보이는 자리에 숨었다. 그리고 작은 틈으로 몰래 사람들을 관찰했다. 기대에 찬 눈빛들 속에는 약속에 부응할 거라는 신뢰 같은 것이 있었다. 그런 장면을 목격한 건 처음이었다. 그간 우리가 영상을 통해 보여 준 약속들. 그것을 지켜 주리라는 어떤 믿음이 사람들의 얼굴에서 보였다. 장면이 바뀔 때마다 그 얼굴들과 눈동자에 반사된 빛들이 달라지는 것을 보았다. 기대한 타이밍에 웃음이 터지는 것도 확인했다. 우리가 과연 약속을 잘 지켜 낸 걸가. 생각했다.

　　dxyz가 만드는 영상이 대체 어떤 장르인지 또는 무엇인지 누구도 정확히 설명할 수 없었을 것이다. 우리도 마찬가지였으니까. 이상하고 재밌는 영상이라는 말로는 충분하지 않아서 우리는 그저 계속 영상을 만드는 것으로 설명을 대신했다. 이런 영상을 dxyz라고 부르기로 하자고 다 같이 약속이라도 하는 것처럼. 그날 굳이 굳이 시간 내어 최초 상영 자리에 온 관객의 표정을 숨어서 지켜보며 우리가 어떤 모양을 해도 "이게 dxyz지"라고 말해 주는 사람이 있다는 사실을 처음으로 실감했다. 서로 손가락을 걸지 않고도, 말하지 않고도, 우리만 아는 약속을 함께 나눈 사람들이 있다는 생각에 행복했다. 대박을 보장하지는 못해도, 조회 수가 안 나와도, 우리가 지킬 약속이 있다는 사실 자체로 위안이 됐다. dxyz를 한마디로 표현하기는 어려워도, dxyz의 유일함을 약속했다면 그걸로 되었다고 안심했다.

　　상영회가 끝나고 팀원들과 기분 좋게 뒤풀이를

하고 집에 돌아오는 길에 생각했다. dxyz 작업은 왜 이렇게 좋은 걸까. 어째서 이 정도로 재밌는 걸까. 뚜렷하게 정의할 수 없었던 우리의 모호함이, 어떤 경계나 형태가 없는 우리의 방식이 늘 예상치 못한 재미를 가져다주었기 때문일까. 길을 잃었을 때에만 겪을 수 있는 즐거움이 여기에 있어서? 어쩌면 불확실함이 오히려 우리를 실패하지 않도록 만들기 때문일까. 맞아 그럴지도 모른다. 실패라고 여길 만한 기준이 없어서 우리는 언제나 실패하지 않을 수 있었다. 그래서 계속하고 싶은 마음이 드는 걸지도 몰랐다. 그리고 그렇게 계속하는 것들을 지켜봐 주는 사람들이 있다니, 무모함을 함께 나누어 들어 주는 사람들이 있다니, 이건 마땅히 행복을 느낄 만한 작업이 맞았다.

　　　다큐멘터리 〈스터츠: 마음을 다스리는 마스터〉에서는 배우 조나 힐이 그의 정신과 의사인 필 스터츠와 나란히 앉아 '진주 목걸이' 대화를 나눈다. 진주알이 하나의 행동이라면 진주를 하나씩 꿰어서 목걸이를 만드는 사람은 나 자신이라는 것. 어떤 행동이든 진주의 가치는 똑같기 때문에 우리가 해야 할 일은 그저 진주를 계속 꿰는 일, 그러니까 계속 행동하는 것이다. 진주알에 어쩌면 똥이 섞여 있을 수 있고 한쪽이 깨져 있을지도 모를 일이지만 아무렴 상관없다. 그것이 진주라는 사실은 결코 변하지 않으니까. 그리하여 진주 목걸이를 만드는 일에는 실패도 성공도 없다. 중요한 것은 그저 앞으로 계속해서 전진하는 일이다. 다음 진주알을 꿸 사람이 나라는 것만 알고 있다면 그걸로 목걸이는 만들어진다.

상영회 날 내가 본 약속을 떠올릴 때마다 예쁜 진주 목걸이가 그려진다. 알알이 크고 화려하진 않지만 되레 작아서 소중한 목걸이다. 진주알들은 하나하나 모양이 다 다르고 완벽한 생김새도 아니지만 하나의 실에 같이 엮이는 순간 또 다른 모습이 됐다. 본 적 없었던 유일한 목걸이다. 길가의 어느 매대나 북적한 시장통이라도 이 목걸이가 진열되어 있다면 나는 알아볼 수 있을 것이다. 우리와 약속을 나눈 사람들도 알아볼 것이다. 우리가 아는 그 목걸이를. 우리만 아는 그 목걸이를. 이것이 그 목걸이의 가치다. 약속의 가치다.

무감각과 몰입
사이의 줄타기

(프리랜서 적응기)

손톱 자르는 걸 까먹을 때가 있다. 그걸 알아차릴 때면 와… 하는 외마디 탄식과 함께 모든 행동에 정지 신호가 걸린다. 이만큼이나 자랐다니. 나는 아침 드라마에 등장하는 충격받은 시어머니처럼 손으로 이마를 짚는다. 샤워를 할 때나 옷을 입을 때, 키보드에 타이핑을 할 때, 손톱은 생각보다 자주 이제 자를 때가 됐다는 시그널을 보내기 때문에 나는 웬만해서는 손톱이 자라도록 그냥 두지 않는다. 보통은 손가락 살 바깥으로 나온 하얀 부분이 2mm를 넘지 않아야 안심한다. 손톱 자르는 걸 까먹었다는 사실을 인식한 시점부터는 손톱을 잘라 낼 때까지 온통 손톱에만 신경을 쓴다. 손톱깎이로 예쁘게 잘라 낼 수 있기를 무엇보다 소망하기 때문에 아무리 급해도 손톱을 물어뜯는 행동은 절대 하지 않는다. 아무튼 나는 손톱의 청결에 매우 집착한다.

택배 상자를 뜯다가 검지 손가락을 살짝 베였다. 아 천천히 뜯을걸. 가방 앞주머니에 밴드가 있…까지 생각하다 무심코 손톱을 본 나는 하던 일을 모두 멈췄다. 충격적이었다. 평소라면 용납할 수 없을 정도로 손톱이 길게 자라 있던 것이다. 손톱이 이렇게까지 자랐다는 것은 곧 감당하지 못할 만큼 내 일상이 정신없이 돌아간다는 뜻이다. 당장 해내야 할 일이 파도처럼 몰려와서 일상의 감각들이 수시로 쓸려 가기 때문에 스스로에게 전혀 신경을 쓰지 못한다. 밥 먹는 것도 까먹고, 쪽잠으로 밤잠을 대신하고, 눈은 대체 어딜 보고 있는지 모를 만큼 총기를 잃는다. 바쁜 수준이 이 정도는 되어야 손톱 자르는 일을 까먹을 수 있고, 이런 일은 몇 년에 한 번꼴로 일어난다. 실제로 이즈음 일상은 엉망진창이었다. 당장 책임을 지고 해결해야 하는 일 이외의 모든 일상에 무감각해졌다. 휴식이 필요해 잠시 서럽다거나 예민해서 사소한 일에도 화가 난다거나 하는 감정을 느낄 새도 없었다. 밤새 내린 눈을 빗자루로 겨우 쓸어 내자마자 함박눈이 다시 펑펑 내리는 꼴이었다.

손톱 덕에 겨우 정신을 차렸다. 긴 손톱이 또각또각 잘려 나가는 것을 보고 있으니 그제야 바쁨의 정도가 실감이 났다. 업무와 부담감이 자꾸만 엉덩이를 걷어차는 바람에 쉬지 않고 걷기만 했구나. 세상에. 스스로 각성을 환영하는 와중에도 지킬과 하이드가 대화하듯 여러 번 생각을 번복했다. '와 진짜 힘들어 죽겠다. 미쳤다. 진심 이렇게 사는 거 맞아?' '아니지. 너무 한가해서 걱정할 땐 언제고 이제는 힘들어 죽겠다는 소리를 하다니 참으로 복에 겨운 처사다.' '아니야. 사실 이런 생각 할 시간도 없어. 해야 할 일이나 하자.' 손톱을 다 깎고 쓰레기통에 버린 뒤 숨을 크게 한 번 쉬었다. 이럴 땐 그냥 하는 것 말고는 방법이 없다는 걸 안다. 하던 일을 계속하면서 무감각의 시간이 끝나기를 기다려야 한다.

"야 그거 알아? 마감이 없는 프리랜서는 프리랜서가 아니고 백수래. ㅎ"

"알아 나 백수라고. ㅎ"

"맞아 너 백수야."

"내가 굉장히 지속적으로 나 백수라고 말하지 않음?"

"맞아 그랬지."

"그래 맞아."

누구 하나 틀린 사람 없는 농담을 친구와 주고받으며 웃었던 일이 불과 몇 달 전이다. 그때는 백수로 보내는 시간이 어색했고 아침에 일어나면 정말 어쩔 줄을 모르겠어서 근거 없는 죄책감에 사로잡히기도 했다. 그래서 툭하면 일에 치여 살던 지난날의 나를 그리워했다. 미친 듯이 바쁘게 살고 싶다고 소망했다. 하지만 이제는 백수 시절의 발언을 적어도 하루에 세 번씩은 후회한다. 하루 종일 울리는 핸드폰을 저 멀리 치워 두고 화장실에서 혼자 고요함을 누릴 때 특히 후회가 밀려왔다. 인간은 이토록 어리석고 간사하고 현재의 고통에만 집중할 뿐 눈앞에 없는 과거의 마음들을 너무 쉽게 까먹는구나.

지금의 나는 마감이 있는 사람이다. 친구에게 프리랜서라고 당당히 말할 수 있게 됐다. 새해가 되자마자 무언가 판도가 바뀐 것처럼 자연스레 일이 들어왔다. 생각을 좀 더 정리하고 뭐라도 준비하고 싶었지만(대체 뭘 준비하고 싶었는지는 모름) 지금은 이렇게 등 떠밀리듯 일을 시작하게 된 것이 오히려 다행이라고 생각한다. 여전히 뚜렷한 경계가 없는 일들 사이를 이리저리 굴러다니고 있다. 영상을 만들고 디자인을 하고 공간을 기획하고 가끔은 비즈니스 커뮤니케이션도 한다. 좋은 기회로 브랜드 컨설팅이라는 업무도 처음 경험해 보았다. 누군가에게 나를 짧은 문장으로 소개하지는 못하지만, 이제는 '긴 문장으로 소개해도 상관없는 거 아닌가?' 하는 마음이 조금은 생겼다.

새로운 사람들도 많이 알게 됐다. 자신의 일을 잘하는 사람들, 순수하게 몰입하는 사람들과 일해 보고 싶었던 소망을 대체로 이루고 있다. 손톱이 자라는 것을 알아채지 못할 정도로 바쁘지만 나를 낭비하지 않고 있다고 느끼는 것이 아이러니한 지점이다. 건강은 모르겠다. 확실히 이렇게까지 바쁘게 사는 것은 지양하는 편이 좋겠다고 느낀다. 원하는 만큼만 일하고 살 수 있다면 참 좋겠지만 그런 삶은 요원하다. 어쨌거나 현재의 나는 운이 좋은 타이밍에 있고, 복에 겨운 생활을 누리며 살고 있다고 생각한다. 프리랜서라는 직업군에 속한 사람은 언제든 다시 마감이 없는 백수군에 합류할 확률이 높다는 것을 알기 때문에 지금의 복에 겨운 나를 스스로 응원할 뿐이다.

초보 프리랜서의 하루는 대체로 길다. 원하는 공간에서 원하는 시간에 일할 수 있다는 것이 프리랜서의 장점으로 꼽히지만 이것이 전혀 장점으로 작용하지 않는 경험을 한다.

클라이언트는 거의 직장인이고, 나는 당연히 클라이언트가 일하는 시간에 맞추어 일한다. 점심시간이란 게 따로 없기 때문에 제때 밥 챙겨 먹기가 어려워서 클라이언트의 연락이 잠시 잦아들 때쯤 밥을 욱여넣는다. 그렇게 해가 떠 있는 동안 계속해서 일을 하다가 오후 7시가 되면 클라이언트가 대부분 퇴근을 하는데, 나는 그들이 6시 50분쯤에 "죄송하지만 내일 오후까지 부탁드려요" 하며 건네주고 간 과업을 수행하느라 밤을 새운다. 나는 넷플릭스를 보고 싶은 나, 침대에 눕고 싶은 나, 삼겹살에 소주 한잔을 먹으러 나가고 싶은 나, 유튜브 쇼츠를 보고 싶은 나를 밤새 말리면서 일한다. 지난날의 도파민 중독이 절로 해결되는 시간이다. 그러다 잠깐 눈을 붙일 수 있는 시간이 되면 어느새 클라이언트가 출근해서 문사를 보낸다. 그럼에도 내가 그들보다 열심히 살고 있다는 느껴이 들지 않는다. 오히려 굉장히 비효율적으로 살고 있는 것 같다는 생각을 한다. 앞으로는 천천히 개선해 나갈 필요가 있다고 어딘가에 적어 두었다. 나를 더 오래 잘 쓰기 위한 방안을 스스로 찾을 필요가 있다고 말이다.

이런 엉망진창의 생활을 지속하면서도 비로소 내가 내 인생을 운용하고 있다는 생각이 든다는 것이 그나마 요즘의 수확이다. 바쁘거나 힘들거나 신나거나 벅차거나 하는 일들 모두가 결국 내 선택에 따른 결과라는 사실을 좀 더 극적으로 받아들이고 있다. 내 삶의 기준을 나로 두는 과정에 조금씩 가까워지고 있는 것 같다고 볼 수 있겠다. 직접 운용의 측면에서 책임감 수치가 상승했고, 애석하지만 부담감 수치도 함께 상승했다. 누가 시킨 일이 아니기에 책임은 져야 하는데 마음속으로는 '너 이거 진짜 할 수 있니?'를 너무하다 싶게 반복한다. 가끔은 모든 것이 극도로 부담스러워서 얼굴을 감싸 쥐고 도망가고 싶은데 그런 심정을 티 내지 않는 것이 프로라고 생각해서 아무렇지 않은 척하는 내가 우습다. (그래 봤자 티가 났을 것이다) 사람은 결국 이런 식으로 강해지는 걸까?

두 달 가까이 바쁜 일상이 계속되는 동안 나는 모든 것에 무감각해져 갔다. 손톱이 자라는 줄도 몰랐던 것처럼, 택배 박스를 뜯어보기 전까진 그게 뭔지를 기억하지 못하거나 세탁기 안에 다 된 빨래를 그냥 두거나 전자레인지에 즉석 밥을 돌려 놓고 잊어버리기 일쑤였다. 생각해 보면 같은 패턴의 생활을 그저 반복하며 살았던 과거에도 이런 경험을 했던 것 같다. 매일 비슷한 생각과 행동을 반복할 때 사람은 금세 무감각해지는 걸지도 모른다. 하지만 좋은 점도 있다. 쓸데없는 것에 마음 쓸 일이 줄어들고(그럴 수 있는 에너지가 없어서다) 선택과 집중이 용이해진다. 이토록 무감각해진 상태가 되면 자연스레 그 순간 가장 하고 싶은 것이 떠오른다. 푹 자는 것 말고, 아무것도 안 하는 것 말고, 나의 온 에너지를 써서 하고 싶은 것들이. '일을 하는 나' '혼자서 돈을 벌게 된 나' '사업자를 낸 나' 말고 '그냥 나'라는 인간이 진실로 하고 싶은 일을 소망하게 되는 것이다. 평소엔 안 읽던 책이 바쁠 땐 갑자기 읽고 싶어지는 것처럼. 무감각의 시간과 몰입의 시간이 서로의 시간을 소망하는 방식으로. 그렇게 나의 하루가, 일주일이, 어쩌면 일생이 그런 방식으로 지나가고 있는 걸지도 모른다. 각각의 시간 안에서 나는 그 시간에 어울리는 에너지를 쓰면서 지내고, 시간들 사이에서 요령 있게 줄타기하는 방법을 익히는 것을 목표로 살아가야 할지 모른다. 너무 무리하지 않고, 요란하게 굴지 않고, 우아하게 실수하면서. 다음 시간이 오기를 의젓하게 기다리면서 말이다.

　　모든 프로젝트를 마무리하고 마침내 무감각의 시기가 끝나는 날 아침, 자주 듣던 라디오를 틀었다. 김창완 아저씨가 청취자의 사연을 하나씩 소개하는 중이었다. 그날도 청취자들은 "아저씨 안녕하세요" 하며 즐거운 일상을 나누거나 각자의 고민과 걱정을 짧은 문장으로 아저씨에게 건넸다. 그러면 김창완 아저씨는 이성적이지만 약간의 다정함을 갖춘 솔로몬처럼, 가끔은 인생 4회차 정도 되는 사람처럼, 우리의 모든 일이 곧 아무렇지 않게 지나갈 것처럼 허허 웃으며 답해 주었다.

　　"괜찮아요. 사소한 것은 사소하게, 귀중한 것은 귀중하게. 아시죠? 그렇게 생각합시다."

　　사소한 것은 사소하게, 귀중한 것은 귀중하게. 맞아. 곧 지나갈 일들을 꼭 영원할 것처럼 붙잡고 모든 일에 몸과 마음을 다 쓰지는 말자. 무심하게 보내야 할 것들은 무심한 마음으로 대하자. 그리고 그것에 죄책감을 느끼지 말아야지. 그래서 정작 귀중한 것에 몰입할 에너지를 빼앗기지 말아야지. 그렇게 계속해서 나만의 줄타기를 잘할 수 있다면 참 좋겠다, 하고 흘러나오는 노래를 들으며 생각했다. 그날만큼은 '나만의 해결 방법' 한 가지를 터득한 어른이 된 기분이었다. 방법을 많이 알고 있는 사람을 어른이라 부르지 않나. 언제나 그렇게 생각해 왔던 것 같다. 마감이 있는 프리랜서로 살아가는 방법에 대해서, 나의 시간을 나답게 사용하는 방법에 대해서 아주 조금, 손에 쥘 만큼은 알게 된 것 같은 기분. 잠깐 동안 나의 일생 가운데에 제대로 서 있는 기분이었다.

나가며

1) 이렇게 된 것은 그럴 만한 이유가 있다.

2) 날 때부터 정해진 일들이 있다.

3) 사람마다 각자 주어진 역할이 다르다.

내가 일상의 사건을 대하는 자세는 보통 이렇다. 삶에서 발생하는 대부분의 일에 크게 동요하지 않는 편이다. 아직 로또 1등 당첨 경험이 없어서 그런 걸지도 모르겠지만…… 아무튼 놀랄 일이건 슬픈 일이건 덤덤하게 받아들이는 성격 탓에 누군가는 나를 심드렁한 사람으로 보기도 하는 것 같다. 그렇게 보여도 어쩔 수 없는 것이, 이런 성격은 그저 타고났기 때문이고, 그건 내 가족을 보면 알 수 있다. 가족들은 대개 나 같다. 김씨네 구성원은 크게 흥분하지 않고 크게 기뻐하지도 크게 웃지도 울지도 않는다. 그래서 서로에게 무엇이든 표현하는 일에 어려움을 겪기도 하지만 어쩔 수 없다. 우리는 이렇게 태어난 것이다.

성격의 영향도 있지만 나는 팔자라는 것을 받아들이며 사는 것이 편하다. 나에게 왜 이런 일이 일어났을까, 저 사람은 성격이 왜 저럴까, 매사에 이유를 찾기 시작하면 골치 아프니까. 이렇게 된 것은 그저 이렇게 될 일이었기 때문이라거나 저 사람은 그냥 저렇게 생겨 먹은 것이라고 여기면 마음이 편하다. 이렇게 생각하는 방식의 좋은 점과 나쁜 점은 거의 반반인 것 같다. 좋은 점이라면 선택이나 결정이 빠르다는 것인데, 어떤 결과든 이미 받아들일 준비가 되어 있기에 선택과 결정 앞에서 크게 고민하지 않기 때문이다. 반면 어떤 일에 맞서 싸우거나 무언가를 바꿔보려는 의지를 종종 잃는다는 점은 좋지 않다. 아무리 나쁜 일이 일어나도 그럴 만한 이유가 있지 않았을까 같은 생각을 하는 것이다.

그런 측면에서 사주풀이에도 흥미를 느낀다. 물론 용하다는 누군가를 찾아가서 사주를 볼 정도의 믿음은 없다. 내가 이렇게 태어날 팔자였다는 것을 믿는 것과 사주의 내용을 믿는 것은 엄연히 다른 이야기다. 나는 그저 흥미 차원에서 사주 명리학에서 말하는 내용을 찾아보고 구경한다. 나의 오행은 이러이러하고 나에겐 이런 기운이 있다는 거구나…… 오 이런 사람과 잘 맞는다고? 오늘 파란 속옷을 입으라고? 파란 속옷 없는데? 사주에 물이 없으니 물고기를 키우라고? 아 반신욕을 자주 하라고? 반신욕…… 싫은데…… 싫은 것을 억지로 하면 팔자가 좋아지나? 근데 좋은 팔자는 뭐지? 반신욕을 해서 좋은 팔자가 된다는 건 지금 내 팔자를 받아들이지 않겠다는 뜻 아닌가. 재밌네. 이런 식으로 하나씩 곱씹다 보면 어느새 깊게 파고들게 되고, 우주의 섭리라는 것은 대체 무엇인가 하는 심오하고 답 없는 상념에 빠지기도 한다.

사주풀이에 흥미를 가지면 쓸데없는 생각을 많이 하게 되지만, 사람들과 이야기를 나누는 자리에서 꽤나 쓸모를 발휘하기도 한다. 특히 연말의 술자리에서 사주풀이라는 화제는 반드시 먹힌다. 사주를 믿지 않는 사람일지라도 보통은 재미 삼아 이런 이야기를 듣는 것을 좋아하고, 나는 사주 이야기를 진지하게 끄덕이며 듣는 사람들의 표정을 보는 것이 재밌다. 자주 이용하는 사이트에 그들이 말해 준 생년월일시를 입력하고 그에 따라 나온 결괏값을 그저 읽어 줄 뿐인데 그들은 나를 전문가처럼 대한다.

"그래서? 나 내년에 어떻게 살면 돼?"

"그것까진 나도 모르지."

"내년에 안 좋다는 거 아니야?"

"아니 안 좋다는 게 아니라니깐."

"그럼 뭔데!"

내가 전문가 흉내를 내면서 사주풀이 결과를 소리 내 읽어 주고 난 후에는 자주 이런 대화가 오간다. 듣는 사람 입장에서는 다음 해에 자신이 여러모로 순탄하게 살 수 있을지, 돈은 많이 벌 수 있는지, 연애는 할 수 있는지 같은 얘기를 정확히 듣고 싶겠지만 사실 사주풀이에서는 확실히 단정 짓는 말투를 사용하지 않는다. '합격을 합니다'가 아니라 '합격운이 좋게 작용하는 편이니 목표를 위해 집중하는 것이 좋습니다'라고 말한다. 이는 곧 '목표를 위해 집중하지 않으면 합격하지 못할 수도 있다'는 말이 되는 것이다.

　　즐겨 찾는 사주풀이 사이트에서는 풀이 끝에 '나가며'라는 파트를 넣어 앞서 나온 풀이에 대해 더욱 모호하게, 게다가 엄청난 비유와 약간의 감성을 더해 말해 주는데, 나는 이 파트가 좋아서 이 사이트를 자주 애용한다. 예를 들어 하나 지어내 보자면 이런 식이다.

　　〈나가며〉
　　ㅇㅇ일주에게 갑진년은 호텔 뷔페 같은 시기입니다.
　　먹음직스럽고 아름다운 형형색색의 다양한 음식들이 나를 기다리고 있습니다.
　　나를 배부르게 할지, 굶게 할지 결정하는 것은 바로 나 자신입니다.
　　나의 접시에 무엇을 담을지 고민해 보세요.
　　첫 접시에 무엇을 담는지에 따라 그다음 접시에 담길 것들도 정해지기 마련입니다.
　　당신에게 주어진 기회를 마음껏 누리시길 바랍니다.

　　이 '나가며' 파트를 읽어 주면 듣는 이들 대부분이 '그래서 좋다는 거야 나쁘다는 거야' 식의 반응을 보인다. 결국 당신이 어떻게 하느냐에 따라 당신의 운명이 달려 있다. 나는 이것이 사주풀이가 말해 주는 핵심 메시지라고 생각한다. 아무리 좋은 기운이 들어온다 해도 각자의 선택과 행동에 따라 결과는 얼마든지 달라질 수 있는 것이다. 인생은 정말 그렇게 흐른다. 적어도 나는 그렇게 생각한다.

삶에 대한 나의 태도와 '나가며' 파트에 쓰인 말들은 어쩌면 비슷하다. 좋은 일도 나쁜 일도 어차피 살면서 일어날 일들 중 하나일 뿐. 중요한 건 그것을 어떻게 받아들이는가의 문제다. 뻔한 소리 같아도 어쩔 수 없다. 나는 그런 마음으로 삶의 모든 일을 태연하게 대하는 방식이 좋다.

2023년의 마지막 날에도 친구들과 둘러앉아 사주풀이를 했다. 나는 이번에도 전문가 흉내를 내며 각자의 2024년 운세와 '나가며'를 소리 내 읽어 주었다. 오로지 내 말소리에 집중하고 있는 그들의 오묘한 표정을 지켜보고, 마지막으로 나의 '나가며'를 소리 내 읽었다.

"자신의 뜻을 펴지 못한다면 그것은 넓지 않아서도 열정적이지 않아서도 아닙니다. 스스로에게 확신을 갖지 못해서입니다.

(……)

스스로에게 놀랄 만큼 집중하면 모든 것이 바

껍니다."

스스로를 확신하기. 2024년뿐 아니라 나의 인생에서 가장 필요한 말일지도 몰랐다. 간단하지만 가장 어려운 말인 것도 같았다. 내게 갑진년은 우뚝 선 큰 나무 같은 형상이라고 했다. 팔을 한껏 벌려도 다 껴안을 수 없을 만큼 넓은 둘레의 나무를 상상했다. 든든하고 단단했다. 그건 내가 평생에 걸쳐 되고 싶은 모습이기도 했다. 이 나무 옆에서라면 아무것도 신경 쓸 필요가 없이 뭔가에 집중하기 좋겠다는 생각이 들었다. 그런 존재가 내 옆에 있다니. 처음으로 사주를 절실히 믿고 싶어졌다.

사주풀이를 마치고 나니 한 해가 겨우 5분쯤 남았다. 차 트렁크에 넣어 둔 휴대용 라디오가 불현듯 생각났다. 얼른 바깥으로 뛰어나가 가져온 라디오를 테이블 위에 우당탕 올려놓고 이리저리 주파수를 맞췄다. 지직거리는 잡음 사이로 "어느새 2023년이 2분도 채 남지 않았습니다" 하는 멘트가 들렸다. 소란한 분위기 속에서 곧 숨찬 카운트다운이 시작됐다. "10! 9! 8!" 우리는 디제이의 들뜬 목소리 위에 우리의 목소리를 얹어 다 같이 외쳤다. "2! 1! 와! 새해가 밝았습니다!" 새해 첫 곡으로는 ABBA의 〈Happy New Year〉가 흘러나왔다. 활짝 웃는 친구들과 새해를 기쁘게 환영하며 속으로 다짐했다. 모든 것이 바뀌지 않아도 좋으니 나에게 집중하는 한 해를 한번 보내 보자고. 차분하고 침착하게, 나를 한번 지켜보자고. 올해가 나에게 우뚝 선 큰 나무 같은 해라면, 그 나무가 그냥 나라고도 한번 생각해 보자고.

언젠가 누군가 이렇게 말했다. 이쪽 길로 가도 저쪽 길로 가도 다 어차피 저 앞에서 만나. 나한테 하는 말인지 다른 사람한테 하는 말인지, 혹은 내가 했던 말인지 잘 기억이 나질 않는다. 그저 소리로만 기억한다. 다 어차피 저 앞에서 만나. 안심하며 들었던 말. 어떤 방향이든 괜찮다고 안내하는 말. 올해의 첫 해는 구름에 가려 보이지 않았지만 대신 파도 앞에서 소원했다. 나의 '나가며'는 언제나 이런 모습이기를.

추천의 글

　　뜨거우면 촌스러운 것이 된 세상에서 김지원은 아직도 뜨겁게 사랑할 것이 많아서 꿈과 일, 언어와 위트, 나와 친구 같은 것들을 품에 안고 하루 종일 들여다본다. 나를 잊을 만큼 몰두하는 것, 내 운명을 내어 주고 헌신하는 것, 아낌없이 순정을 바치고 싶은 것들이 김지원에게는 그렇게나 많다. 김지원은 사랑 그 자체도 사랑한다.

　　습관처럼 퇴사를 상상하고 적게 일하고 많이 벌라는 덕담이 오가는 세상에서 김지원은 여기저기 긁혀 가며 어떤 형태로든 창작-작업-을 이어 나간다. 그리고 창작과 그 과정을 자식에게 처음 교복 입힌 부모님의 눈으로 쳐다본다. 김지원의 글에서 20년 전 내 부모님의 그 눈빛을 다시 느낀다.

　　사람들이 '이제는 나도 절대로 선을 넘지 않을 테니 아무도 이 선을 넘지 말라'는 의미로 보이거나 안 보이는 철조망들을 둘러놓았다. 나는 그것들을 피하느라 하루를 다 보낸다. 그 선들을 넘어야 감정이 시작되고 관계가 시작되는데. 나는 그런 철조망들을 이 악물고 피하고 그 근처에 얼씬도 하지 않는 편이지만 김지원은 그 철조망 앞에서 서성서성한다. 사람들이 두고 간 것이 없나, 혹시 울타리 안의 사람들은 아픈 곳 없이 잘 지내나 하면서 철조망 이쪽과 저쪽의 세상을 바라본다.

나는 김지원처럼 인생을 바라보는 사람을 사랑한다. 원래 그런 사람들을 사랑한다고 생각했는데 이 책을 읽고 특히 김지원의 시선을 더 사랑하기로 했다.

문상훈 (크리에이터, 배우)

*

지원과의 대화를 항상 좋아했다. 10년 가까운 세월 동안 한결같이 재미있고, 이상하고, 꿈꾸는 것 같다가도 지독하게 현실적인 그와의 대화는 날 항상 깨워 주었다. 글을 읽는 내내 보광동 어둡고 귀여운 곳에서 와인 병을 쌓아 가며 이야기하는 기분이었다. 자기 길을 묵묵하게, 축축하게 걷는 그를 꼭 닮은 덤덤한 문장들에 오늘도 위로를 받는다.

김민하 (배우)

*

책을 읽으며 김지원의 면면들이 선연하게 떠올랐다. 그만큼 진솔하게 자신을 담아냈다는 뜻일 테다. 어떤 방식으로든 있는 그대로의 자신을 표현하는 사람은 용기 있고 위대하다고 생각한다. 미술과 영상을 만들어 내는 감독으로, 이제는 한 사람의 작가로 그 일을 멈추지 않는 김지원을 진심으로 존경한다. 너무 진지하지도 가볍지도 않은 편안한 모습으로 누군가의 잠재력을 먼저 알아봐 주고, 응원하고 격려하며 빛을 낼 수 있도록 돕는 그에게 배울 것이 참 많다. 앞으로도 김지원이 창작 활동을 계속해서 할 수 있기를, 사람들에게 좋은 영감이 되기를 진심으로 바란다.

이설 (배우)

무엇도
아닌
모양으로

초판 1쇄 발행 2024년 6월 17일

지은이　　　김지원
펴낸이　　　이광재

책임편집　　김난아
표지　　　　김지원
디자인　　　이창주, 박효원
마케팅　　　정가현
영업　　　　허남

펴낸곳　카멜북스
출판등록　제311-2012-000068호
주소　서울특별시 마포구 양화로12길 26 지월드빌딩 (서교동 395-7) 3층
전화　02-3144-7113　팩스　02-6442-8610
이메일　camelbook@naver.com
인스타그램　www.instagram.com/camelbook

ISBN　979-11-93497-09-8 (03810)